궁극의 쉐프 2

가프 장편소설

초판 1쇄 찍은 날 § 2016년 5월 10일
초판 1쇄 펴낸 날 § 2016년 5월 17일

지은이 § 가프
펴낸이 § 서경석

편집책임 § 조현우

펴낸곳 § 도서출판 청어람
등록번호 § 제387-1999-000006호
등록일자 § 1999. 5. 31
어람번호 § 제1-2426호

주소 § 경기도 부천시 원미구 부일로 483번길 40 서경B/D 3F (우) 14640
전화 § 032-656-4452 팩스 § 032-656-4453
http://www.chungeoram.com
E-mail § chungeorambook@daum.net

ⓒ 가프, 2016

ISBN 979-11-04-90798-2 04810
ISBN 979-11-04-90796-8 (세트)

궁극의 쉐프

Ultimate chef

쉐프

가프 장편소설

FUSION FANTASTIC STORY

2

도서출판 청어람

• C O N T E N T S •

1장

한 사람을 위한 치킨스튜

"잠깐 세워주세요."

차가 도로를 달릴 때였다. 한 식료품점 앞에서 장태가 말했다.

"뭐 하려고?"

스승 옆의 아드리안이 물었다. 기사를 빼고 셋이나 끼어 앉은 상태였다.

"살 게 좀 있어서요."

장태가 웃었다. 미소는 간곡한 청과 다르지 않았다.

"뭐 손 쉐프가 원한다면야……."

아드리안의 말이 신호가 되었다. 선두의 트럭이 갓길에 멈췄다.

"쉐프 손!"

장태가 내리자 뒷 차의 손리도 덩달아 내렸다.

"식재료 좀 사려는데 같이 갈까?"

"저야 대환영이지요."

손리의 입은 찢어질 듯 벌어졌다.

"먼저 가세요. 곧 가겠습니다."

장태가 손을 흔들자 트럭이 출발했다.

"뭐 사시게요?"

"선생님과 이사벨 식사 재료!"

"누구요?"

손리가 다시 물었다. 무지 뜨악한 표정이다. 이 상황에서 이
사벨이라니. 녀석도 믿기지 않는 모양이었다.

"이―사―벨!"

장태는 한 자 한 자 또렷하게 발음해 주었다.

"왜요? 그 누나는 어차피 아무것도 먹지 않잖아요."

"아무것도 먹지 않고 살 수 있는 사람은 없어."

"대신 마약을 하니까."

"그걸 내가 좀 빌려왔거든."

"정말요?"

"응, 오늘 요긴하게 썼다. 그러니 빚을 갚아야지."

"으응, 그래서 그 누나가 아침부터 빌빌거렸구나. 약빨이 떨
어져서."

"알았으면 카트 잡아라."

"그래도 그렇지 어차피 헛수고예요. 차라리 림뽀 아저씨 치료식 재료를 사는 게 낫죠."

"숀리!"

진열대 앞에 선 장태가 숀리를 바라보았다.

"왜요?"

"내가 누구지?"

"그야 쉐프 손이죠."

"넌 말이야, 이다음에 강 선생님보다 훌륭한 쉐프가 되었을 때, 네 요리를 안 먹는 사람이 생긴다면 기분이 어떨까?"

"기분 열라 더럽겠죠."

"지금 내가 그렇거든."

"……?"

"그러니 토 달지 말고 식재료 앞으로!"

숀리에게 바구니를 안긴 장태, 녀석을 채소 섹션으로 밀어 넣었다.

"수련이다. 제대로 안 고르면 2주방 출입금지!"

"진짜요?"

"그럼."

"에에!"

"요리사가 꿈이면 식재료도 공부야."

"알았어요. 뭐뭐 살 건데요?"

"모링가, 다시마, 시금치, 양배추, 당근, 오이, 고구마, 케일, 브로콜리 앤드 토마토. 양은 아주 넉넉하게."

"당근 다음에 뭐라고요?"

"한 번에 알아듣는 것도 수련이야."

장태는 그 말을 남기고 육류 코너로 돌았다.

"아, 진짜……. 내가 외우는 거 열라 싫어하는 거 알면서……."

숀리가 투덜거리는 소리를 뒤로 하고 오리고기를 집어 들었다. 큼큼, 첫 번째 것은 바로 내려놓았다. 그러다 질이 좋은 고기를 발견했다. 냄새를 보니 숲에 접한 농장에서 맑은 냇물과 풀을 먹은 녀석이었다.

두 번째는 양고기. 처음 잡은 살이 탄력도 실하고 냄새도 좋았다.

'오케이!'

스승의 치료식 재료에 이어 뿔닭 한 마리를 더 챙긴 장태가 숀리 쪽으로 향했다.

"쉐프!"

장태가 다가가자 숀리가 반색을 했다.

"오리하고 닭, 양고기요?"

"신경 끄고 네 일이나 해라."

장태는 팔짱을 낀 채 참견하지 않았다.

"아, 씨……. 맨날 호텔 짜투리만 다루다 보니 야채 고르는 법을 꼴까닥 해버렸어요."

"으음, 그러니까 전에는 잘 골랐다?"

"뭐 꼭 그렇다고는……."

"그럼 빨리 머리 짜내. 언제까지나 짜투리 재료만 다루는 요리사가 될 게 아니라면."

"한 번만 더 알려주세요."

손리, 윙크까지 날리며 애교작전으로 나왔다.

"좋아. 한 번만 봐준다. 야채나 과일에도 뭐가 있다고?"

"……."

"이거!"

장태가 알통을 만들어보였다.

"근육요!"

"옳지, 그다음 중요한 건?"

이번에는 코를 만지는 장태.

"본래의 향!"

"또 없었나?"

"오케이, 생기!"

"그 정도면 될 거 같은데?"

"예, 쉐프!"

장태의 조언이 끝나자 손리는 바람개비처럼 팔랑팔랑 뛰어 다녔다.

"어때요?"

잠시 후 돌아온 손리는 야채로 산더미만 해진 바구니를 내 밀었다.

"다시마와 오이는 다시!"

"뭐가 문제인데요?"

"이 오이는 무늬만 오이, 수경재배에 속성으로 길러 큼지막하고 살이 많아 보이지만 본연의 맛은 거의 없고 다시마 역시 흰 가루가 별로 묻지 않아서 감칠 맛 우리기 어려워."

"쳇, 이런 거라도 100점 한 번 받아보나 했더니……."

숀리는 투덜투덜 발길을 옮겼다. 그가 다시 돌아왔을 때 바구니 안의 오이와 다시마는 그리 나쁘지 않았다. 장태는 질 좋은 식초와 흑후추 등을 고른 후에 하우스 와인 두 병에 단호박 세 개를 집어 들었다.

"쉐프!"

"왜?"

식품점을 나올 때 숀리가 입을 열었다.

"궁금한 거 있어요."

"뭐가?"

"무섭지 않았어요?"

"뭐가?"

"크리스 쉐프와 붙을 때……."

"떨었을 것 같니?"

"아뇨."

"실은 좀 떨었어."

"정말요?"

"그럼. 나 로봇 아니거든."

"그건 나도 알아요."

"뭘?"

"로봇이 쉐프처럼 따뜻한 마음을 가졌을 리 없으니까."

"이래도 따뜻해?"

장태, 장난기가 발동해 식자재를 전부 숀리에게 안겨주었다.

"으악, 내 팔은 쉐프처럼 여러 개가 아니라고요."

"내가?"

장태가 숀리를 바라보았다.

"쉐프 팔은 여러 개 맞아요. 요리할 때 보면 열 개도 넘어 보이거든요. 다다닥, 다다닥!"

"녀석!"

숀리의 머리를 문지르며 장태는 머릿속에 두 개의 요리를 그렸다. 스승과 이사벨을 위한 요리. 그 표정은 크리스를 만나러 갈 때 못지않게 진지하기만 했다.

당연하다.

'크리스에게 걸었던 건 고작 손목……'

그러나 이번에는,

스승의 목숨이 걸린 일이었다.

쉼터에 도착하니 아드리안과 톰, 림뽀와 노숙자들이 기다리고 있었다. 안나와 라벨리, 아론 등도 보였다. 열렬한 환호를 받으며 장태는 버스에서 내렸다.

안나가 먼저 다가와 장태 앞에 섰다.

"축하해요."

거칠고 투박한 손이 들꽃을 내밀었다. 보잘 것 없지만 세상에서 가장 따뜻한 마음이 담긴 축하였다. 장태는 몰려든 노숙자들과 일일이 하이파이브를 나누었다.

다만, 한 사람은 보이지 않았다.

'이사벨…….'

또 어딘가를 헤매고 있겠지? 그래도 동양 출신 마약쟁이 준품은 아닐 것이다. 그녀는 그랬다. 쉼터에 있지만 어디에도 속하지 않는 사람…….

"부탁한다!"

식재료는 손리에게 넘겼다. 아드리안이 할 말이 있는 표정이기 때문이었다.

"이거 말일세."

처음 내민 건 핸드폰이었다.

"주방 동영상 죽이더군."

장태가 보낸 파일이 돌고 있었다.

"그리고 이거."

다음으로 내민 건 현금보관증이었다. 스승과 미리 이야기를 나눈 눈치였다.

"아드리안은 어떻게 생각하시죠?"

장태가 아드리안의 의향부터 물었다.

"글쎄……. 내가 낄 일은 아닌 것 같아서…….'

"아주 그런 건 아니라고 보는데요."

사실 공범이잖습니까?

장태의 말에는 그런 의미가 담겨 있었다.

"이제 보니 괜히 끼어들었다는 생각이 드는군."

"진심인가요?"

장태가 다그치자 아드리안은 어깨를 으쓱해 보였다. 그라고 어찌 싫을까? 장태의 쾌거와 이 묵직한 전리품이…….

"선생님에게 가시죠."

장태가 아드리안을 바라보았다. 설령 스승이 아드리안에게 전권을 넘겼다고 해도 그가 없이는 결정할 수 없는 일이었다.

"선생님!"

스승은 제2 주방의 의자에 있었다. 통증이 밀려온 모양이었다. 장태는 차를 준비해 스승 앞의 테이블에 자리를 잡았다.

"천천히 드시죠."

스승에게 차를 내밀었다.

"돈 문제라면 아드리안과……."

"아드리안에게 전권을 주셨나요?"

"그래."

"아드리안은 전권을 받은 적이 없다고 하십니다."

"맞아. 난 그저 얼떨결에……."

아드리안이 장태 말에 공감을 표했다.

"그럼 손 쉐프가 알아서 하시게. 보다시피 내가 돈이 필요한 사람도 아니고……."

"선생님이 뭐 어때서요."

"손 쉐프."

"선생님 뜻을 알 것 같으니 이 돈은 아드리안에게 일임하겠습니다. 여기 쉼터의 노숙자들과 떠돌이 집시들을 위해 쓸 수 있도록요."

"일단은 맡아두지."

돈 문제는 그렇게 타협을 보았다.

타오!

장태는 주방에서 스승의 칼 타오를 꺼내 들었다.

'고맙다!'

이제야 제대로 인사를 전했다.

크리스를 격침시킨 장태의 송어 스터프. 그 요리는 장태와 타오의 합작품이었다.

주재료가 되었던 템페와 감자…….

템페는 템페균으로 발효시킨 인도네시아 타입의 전통식. 균내가 왕성한 걸 골라 타오로 쓰다듬자 늘어져 있던 템페균들이 왕성하게 잠을 깬 것이다.

두 번째는 플럼이었다.

상태가 좋았지만 모든 게 그런 건 아니었다. 때문에 타오의 수고를 들였다. 조금 더 무르거나 조금 덜 숙성되었거나. 아주 미세한 차이였지만 하나의 플럼 안에도 그런 문제가 있었다.

그렇기에 타오가 해결사였다. 칼날을 살구 살에 대고 진기를 깨운 다음 좋은 부분만을 도려냈다. 진기 모으기. 명도(名

刀) 타오이기에 가능한 일. 다른 클리버라면 그 정도까지는 어림없는 일이었다.

'선생님도 부탁해!'

숭고한 마음을 전하며 스승의 오방색을 떠올렸다. 오방색 활성도는 고작…….

'20% 미만…….'

20%…….

20%라면 인체 건강도도 그 수준 정도라는 것. 아쉬웠다. 목숨을 건 모험을 시도하려면 최소한 30%에는 육박해야 했다. 그렇지 않으면, 스승은 샘을 따라 바로 하늘로 갈 수도 있었다.

그렇다고 마냥 두렵지는 않았다.

'선생님은…….'

이미 크고 작은 기적의 주인공이었다. 그가 누빈 삶의 현장은 애달프기 그지없었다. 그럼에도 그는, 그 많은 사람들에게 요리 하나로 희망을 뿌리며 살아왔다.

기적!

장태에게도 일어난 놀라운 기적. 요리의 잠재력을 하나로 몰아준 그 기적. 그렇다면 스승에게도 또 다른 기적이 기다리고 있을 수 있었다.

스걱!

고요를 깨뜨리는 장태의 칼질이 시작되었다. 오리를 관절 따라 해체하고 양고기 결을 따라 물결을 쳤다. 육류부터 야채, 스파이스 손질까지 거침이 없었다. 칼질 하나하나마다 장태의 비원이 오롯이 담겼다.

기억!

초원을 뛰놀던 건강한 기억. 그 기억들이 풍성하게 밴 살점들을 모았다. 장태는 마지막 재료를 끝으로 스승의 요리 준비를 마쳤다.

하루에 1% 향상!

그걸 채워야 했다. 지금까지를 더듬어보면 1주일에 1%가량 호전이었다. 스승의 치료식을 시작한지 그새 4개월. 병원에서 잔존 수명이 3개월이라고 말한 그날이 출발이었다. 결과는 그리 나쁘지 않았다. 통증을 절반쯤 내려앉히고 사형집행도 1개월쯤 연장시켰다.

하지만 중요하지 않았다. 완전히 고갈된 스승의 체력에 있어 몇 %는 그저 숫자에 불과했다. 언제든지 돌변할 수 있는 것이다.

'후우!'

성분 응축이 끝난 식재료를 모아 진액을 추출했다. 장태가 하려는 요리는 오리 파테였다. 에피타이저로서의 그건 아니었다. 와인을 줄이는 대신 진액량을 늘여 고기를 재웠다.

─한쪽에는 오리의 다리를.

─또 한쪽에는 양고기를.

남은 진액을 냉장실에 보관하고 조금은 남겼다.

오늘의 요리는 아피키우스풍이다. 진액 위에 발라진 카라멜. 벌꿀 카라멜로 반들반들하게 옷을 입은 오리고기는 황금

빛 광택이 났다. 그 위에 신비의 묘약으로 불리는 홀리 바질을 올려 맛의 조화를 맞추었다.

스승은 말없이 접시를 받았다.

'더도 말고 1%만……'

장태는 비원을 놓고 돌아섰다. 스승만 돌보기에는 기다리는 사람이 많았다. 더구나 오늘은 이사벨을 위한 특식까지도 마련해야 했다.

바쁘지만 힘들지 않았다. 누군가가 내 요리를 기다려 준다는 것.

'그게 바로 쉐프의 천국이니까.'

맛있는 천국…….

*   *   *

이사벨!

그냥 한 끼 식사가 아니었다. 어쩌면, 그녀의 식사는 스승 다음으로 중요할 수도 있었다. 그것 또한 장태가 도전과제로 삼은 까닭이었다.

치료식!

거절한 사람은 있었다.

스테이크로 소원을 풀고 간 샘도 그랬다.

하지만 이사벨처럼 단 한 번도 응하지 않는 사람은 없었다. 그건 쉐프로서의 자존심 문제이기도 했다.

─네 요리는 마약만큼의 가치도 없어.

이사벨의 몸은 그렇게 말했다.

요리보다 마약을 달라고.

하지만!

오늘만은 달랐다. 장태, 그동안 진득하게 깔아둔 투자가 있었던 것이다.

부스럭!

장태는 스파이스 칸에서 뭔가를 꺼내 들었다. 봉지를 열자 미묘한 향이 끼쳐 왔다. 보통 사람은 모르지만 후각이 뛰어난 사람이나 훈련받은 개는 알 수 있는 그것.

미량의 양귀비꽃 말린 가루였다.

마약은 꽤 오랜 시간 동안 이사벨 몸의 주인이 되었다. 신이 아닌 한 그 식욕 구조를 한 번에 바꿀 수는 없었다.

─마약은 이사벨의 가치.

─요리는 장태의 가치.

두 개의 대립점에 교집합이 필요했다. 그래서 양귀비 향을 가미한 것이다. 이사벨의 닫힌 식욕의 문을 열기 위해.

말하자면, 유도용 떡밥이었다.

닭고기를 팬에 살짝 구웠다. 살짝 탄 냄새가 더없이 좋은 냄새를 풍겼다. 기름기를 알뜰하게 제거하고 살을 바른 장태. 소테 팬에 고소한 버터를 녹인 후 고기를 투하했다.

치이이!

버터와 포옹하는 고기의 냄새가 고소하게 올라왔다. 여기에 감자와 당근, 버섯, 양배추, 토마토 등의 심심한 재료를 넣고 구운 소금과 벌꿀, 흑후추만으로 살짝 간을 보았다.

장태가 만드는 건 화이트 스튜였다. 미국 가정에서 종종 접할 수 있는 치킨 수프에 유사한 요리.

마지막으로 육수를 더하고 와인을 적량 첨가했다. 팬은 오븐 안으로 통째로 들어갔다. 적정 온도를 맞췄으니 뭉긋하게 익어갈 일이었다.

담담하면서도 감칠맛이 나고, 무자극으로 영양을 공급하는 요리. 동시에 그녀의 위가 자주 접했던 요리. 장태가 기대하는 건 두 가지였다.

다만 오늘 밤 전초 작업이 중요했다. 양귀비 꽃가루를 살짝 뿌린 별식. 거기 쓰인 육수는 같은 계열.

'이걸 먹어준다면……'

밤새 뭉긋하게 익어갈 스튜가 그녀를 부활시켜 줄 수도 있었다.

"뭐하세요?"

치료식 배식을 마치고 온 손리가 물었다.

"이사벨 특별식."

"헛수고라니까요."

손리가 고개를 저었다.

"과연 그럴까?"

"장담해요. 그 누나가 원하는 건 진짜 마약뿐이라고요. 쉐프의 요리가 아니라 오리엔탈 준 형의 마약!"

"그럼 저건 뭐지?"

장태가 꽃병의 들꽃을 가리켰다. 이사벨이 창문 위에 두고 간 그것. 시들었던 꽃은 다시 생기가 돌고 있었다.

"다른 사람이 놓고 간 걸 수도 있거든요."

"미안하지만 이사벨 냄새가 났거든."

장태가 맞받았다.

"마약 냄새요?"

손리는 여전히 삐딱선을 타고 있었다.

"내기할까?"

"무슨 내기요?"

"지는 사람이 저거 다 까기."

장태가 감자와 양파더미를 가리켰다. 한 후원자가 새로 가져온 덕분에 푸짐하게 쌓여 있었다.

"좋아요."

"그럼 결정된 거다."

"네!"

손리의 다짐을 들으며 장태는 미끼용 별식을 완성시켰다.

이사벨은 벤치에 없었다.

"아까까지 있었는데……."

멀지않은 곳에서 쉬고 있던 안나가 말했다. 장태는 벤치 위에 접시를 놓고 신문으로 덮었다.

"보나마나 준 형 앞에서 새처럼 떨고 있을 거라니까요. 약 좀 주세요, 약 좀 주세요."

숀리가 이사벨 흉내를 냈다.

"짜식, 네가 하느님이냐? 다 알고 있게?"

장태는 웃음과 함께 숀리를 쥐어박았다.

소리 없이 와글거리던 별들은 아침 햇살이 나오기 전에 우주로 숨었다.

이른 아침.

오늘 장태의 레시피 복기는 뽈뽀아사도!

이태리 쪽에서 많이 먹는 메뉴였다. 재료는 감자와 문어. 부드러운 감자와 야들야들한 문어가 환상적인 맛의 콤비를 이루는 요리. 장태의 머리는 문어부터 손질하기 시작했다.

문어야, 미안해. 그리고 고마워.

식재료에 대한 감사도 잊지 않았다.

골방에서 나오자 바이올린 선율이 흘러나왔다. 톰이었다. 그도 바이올린으로 하루를 여는 것이다. 창 너머에서 눈인사를 나누고 2주방에 들어섰다.

"안녕!"

주방기구와 식재료들에게 인사를 날렸다. 요리할 공간이 있다는 것, 먹어줄 사람이 있다는 것. 그 또한 쉐프에겐 행복한 일이었다. 스승과 몇몇 치료식, 그리고 오늘의 이벤트 재료를 먼저 준비했다. 어제 부족한 것을 사온 덕분에 수월하게 준비가 끝났다.

'이사벨……'

그녀 생각이 났다. 미끼 별식을 먹었을까?

장태는 자신을 믿었다. 상당 기간 준비를 한 그녀와의 대결. 그 계산이 맞아야 할 시간은 오늘이었다.

막 주방을 나설 때 손리가 들어섰다.

"굿모닝!"

"굿모닝 쉐프!"

"이사벨 누나에게 가는 거예요?"

"응!"

"안 먹었을 거예요."

"네가 어떻게 알고?"

"어젯밤에 봤거든요. 좀비 사촌 같은 얼굴로 돌아왔는데 거들떠보지도 않더라고요. 어쩌면……."

버렸을지도 몰라요.

손리가 남긴 건 그 말이었다. 장태 입장을 생각해 차마 직설적으로 말하지 못한 것이다.

"일단 가볼까?"

"좋아요."

손리가 문을 열었다. 몇 발 나서자 작은 숲을 휘감은 안개가 보였다. 안개 속에 아른거리는 집시 노숙자들의 풍경은 흡사 중세의 일부분 같은 착각마저 주었다.

"없잖아요."

빈 벤치를 바라본 손리가 소리쳤다. 정말, 이사벨은 보이지 않았다.

"접시는 여기 있네요."

숀리가 허리를 숙이며 말했다. 벤치 아래였다.

"울라?"

접시를 집어든 숀리의 눈이 중앙에 꽂혔다. 들꽃 때문이었다. 주방에 꽂아둔 그 꽃과 똑같은 꽃. 그게 텅 빈 접시 옆에 놓여 있었던 것이다.

"다 버렸나 본데요?"

숀리, 장태의 눈치를 보며 나지막이 말했다.

"아니!"

장태는 고개를 저었다. 냄새 때문이었다. 장태는 냄새를 따라 걸음을 옮겼다. 요리 흔적은 거기 있었다. 커다란 수풀 뒤. 삭아서 푸짐하게 반납된 채로.

"먹었어."

장태가 웃었다.

이사벨이 먹었다. 하지만 토해 버렸다. 토사물은 엄청났다. 주정꾼 십여 명이 단체로 몰려와서 토한 것만 같았다.

"에……. 토했으니 안 먹은 거잖아요."

숀리가 볼멘소리를 토했다.

"아니, 먹은 거야."

"어째서요? 먹는다는 건 위로 들어가야 하는 거고 소화가 되어야 하는 거잖아요. 그런데 이렇게 토했으니 먹었지만 먹은 게 아니지요."

숀리는 나름 논리를 펼쳤다.

"어쨌든 위 안으로 들어갔잖아. 이사벨에게는 그게 중요하거든."

"그럼 쉐프가 이긴 거예요?"

"응, 그리고 너한테만 알려주는데 이 요리는 먹고 토하라고 만든 요리였거든."

"진짜요?"

"응!"

장태가 웃었다.

"뻥?"

"NO."

"쳇, 쉐프 말이니까 믿을 게요. 감자 벗기려면 큰일 났네."

"숀리!"

"네?"

"감자는 내가 벗길 테니까 여기 있다가 이사벨이 오면 좀 알려주렴. 진짜 요리를 먹어야 하거든."

"쉐프."

"온다니까."

"알았어요."

장태의 지시를 받은 숀리가 볼멘소리를 냈다.

'오케이!'

주방으로 돌아온 장태는 뭉긋하게 익은 스튜를 꺼내놓았다. 밤새 뭉긋이 익어 진하고 부드러운, 그러면서도 담백하기 그지없는 냄새.

'자, 그럼 최후의 일격을 가해볼까?'

장태는 손질이 끝난 세 개의 단호박을 꺼내 스튜를 채우고 뚜껑을 닫았다. 그걸 찜통기 안으로 넣으면서 모든 준비는 끝났다.

보글보글.

중탕으로 함께 익어가는 호박을 보며 장태는 생각했다. 저 스튜가 이사벨의 체념을 다 증발시켜주기를, 그녀의 아픔을 부드럽게 녹여주기를.

호박 속에서 스튜는 더욱 진하고 부드럽게 변해갔다.

그리고…….

얼마나 지났을까?

"쉐프!"

기다리던 손리의 목소리가 들려왔다.

"오고 있어요."

신호를 받은 장태가 비로소 오븐을 열었다. 호박 안 스튜의 은은한 냄새가 주방으로 퍼져 나갔다.

"오늘의 스페셜은 아까 만들지 않았어?"

바이올린을 닦던 톰이 다가와 물었다.

"오늘은 특별히 하나 더 만들었습니다."

호박 하나를 접시에 올리며 장태가 대답했다.

"흐음, 냄새 끝내주는군"

톰은 눈을 감은 채 입맛을 다셨다. 담백하고 달콤한 향이 은은하게 새어 나오는 호박은 동화 속 백설공주가 먹는 요리처럼 보였다.

"우와, 냄새 작살!"

밖에 서 있던 손리도 입을 쩌억 벌렸다.

"먹고 싶어?"

"네!"

"하나 더 접시에 담아서 가져와라."

"남는 건 없어요?"

마음이 앞서간 손리가 반색을 했다.

"하나 남는 게 네 몫이야."

"레시피는요?"

"나중에 알려줄게."

"아싸!"

손리의 환호를 들으며 장태는 걸었다. 저만치에서 휘적휘적 걸어오는 여자가 보였다. 이사벨이었다.

'이사벨!'

장태는 벤치 앞에서 멈췄다.

그녀가 왔다.

물에 흠씬 젖은 몸. 몸은 지치고 다리는 무거워 보이지만 완전히 달랐다. 물에 젖으니 샤워를 한 듯 더러운 때가 빠진 것이다. 게다가 몽롱하지도 않았다. 마약까지 몽땅 게워냈다 는 뜻이었다.

그녀가 장태 앞에 섰다.

땟국물을 빼고 완전히 변한 그녀는, 미지의 바다를 유영하고 나온 태초의 언어 같은 매력까지 엿보였다.

"이사벨."

장태는 벤치 앞에서 그녀를 맞았다.

"……."

그녀의 눈빛은 각이 무뎌져 있었다.

"먹어."

"……."

"속이 편해질 거야."

"……."

"어서!"

김이 모락거리는 호박을 그녀에게 내밀었다. 한참이나 장태를 바라보던 이사벨, 야윈 얼굴에 달린 조각 같은 코가 실룩거리는 게 보였다. 그녀는, 천천히 접시를 받았다. 그리고 꼬질꼬질 때에 전 손으로 뚜껑을 열었다.

모락!

푸짐한 김이 부드럽게 그녀의 코를 차고 들어갔다.

큼큼!

냄새를 맡은 그녀가 스푼을 집어 들었다.

후륵!

마침내 한 입을 넣자 따끈한 김이 그녀의 코를 간질였다. 그게 신호였다. 장태의 마법이 작렬하는 신호. 첫 한 입을 넘긴 이사벨은 호박을 쏘아보더니 미친 듯이 퍼 넣기 시작했다.

뚝딱!

불과 10여 초 만에 치킨 스튜가 바닥을 보이고 말았다. 호박 속까지 긁어대던 그녀, 쿵쿵 소리를 내더니 바로 시선을 돌렸다. 또 다른 스튜의 냄새를 맡은 것이다.

주방에서 나오던 숀리가 그 발원지였다. 장태를 밀치고 달려간 이사벨은 빼앗을 듯 접시를 받아들었다. 그리고 또 몇 초 만에 스튜를 비워냈다. 먹는 게 아니라 마셔 버리는 수준이었다.

꿀꺽!

마지막 덩어리가 넘어가자 이사벨, 이제는 접시를 핥기 시작했다.

푸훗!

장태가 몰래 웃었다. 하얀 스튜가 잔뜩 묻은 그녀의 입술은 정말이지 귀여운 여자 좀비를 닮아 있었다.

"쉐프⋯⋯."

그녀의 시선이 장태에게 넘어왔다.

"고마워."

장태가 웃었다.

"당신⋯⋯."

이사벨의 목에서 울림 하나가 나지막이 밀려 나왔다.

"내게 무슨 짓을 한 거죠?"

묻는 이사벨의 눈이 붉게 충혈되기 시작했다.

"아무 짓도⋯⋯. 그저 요리사의 본분을 다한 거야."

"그뿐인가요?"

"응!"

"아뇨. 그건 마법이었어요."

"……."

"어젯밤의 그 요리……. 내 심연을 간질이며 나를 유혹했어요. 마약처럼 강렬하게."

"……."

"음식 따위… 생각도 없었는데 몸이 반응해 버렸어요. 그래서 나도 모르게 손이 갔는데… 먹고 나니 속이 뒤집어졌어요. 우주의 빅뱅이 뱃속에서 일어나는 듯……. 업셋, 업셋……."

"……."

"그러더니 태초의 똥물까지 다 올라왔어요. 내 몸의 수분이 다 빠져나가는 것 같았다고요."

"……."

"Son of bitch, 나를 엿 먹인 건 줄 알았어요. 그런 욕까지 하며 당신을 원망했는데……. 다 토하고 나니 혈관을 미세필터로 걸러낸 듯 개운한 거예요. 힘은 없지만 정신은 맑은……."

"……."

"그러더니… 갑자기 물이 그리워졌어요. 미치도록!"

지난 밤, 이사벨이 달려간 곳은 분수대였다. 쏟아지는 연못의 분수대에서 밤을 새웠다.

물줄기를 맞으며 아침을 맞이했다. 머리와 함께 몸이 새로 태어나는 것 같았다.

"눈을 뜨니 문득 식욕이 당겼어요. 내가 좋아하던 치킨 수프… 따끈한 김이 모락거리던 그 요리……."

"……."

"믿기지 않게도 그걸 쉐프가……."

그녀의 눈에서 결국, 밤새 머금어졌던 연못의 물방울이 톡 떨어졌다.

"내가 아니고 이 세상이 준 선물이야. 이사벨을 위해."

장태가 웃었다. 그동안 끈질기게 투자한 시간들. 그게 결실을 맺는 순간이었다.

"쉐프."

그녀의 눈에서 열린 수돗물처럼 물줄기가 쏟아지기 시작했다. 장태는 그녀의 눈물을 닦아주었다.

"더 좋아질 거야. 내일, 그리고 모레……."

"쉐프!"

그녀는 장태의 품을 파고들어 새처럼 떨었다. 세상으로 향한 끈을 죄다 끊어버렸던 이사벨. 그녀가 다시 삶의 한 끈을 잡았다.

'쳇!'

격하게 인정! 손리는 장태에게 엄지로 신호를 보냈다. 그 어느 날보다도 애정이 가득한 눈빛이었다.

2장

이사벨의 정체

"전화, 잠깐 빌릴 수 있어요?"

겨우 호흡을 고른 이사벨이 물었다.

"얼마든지."

전화를 내주자 그녀는 천천히 번호를 눌렀다.

"마미!"

아이처럼 공손한 단어가 그녀의 입에서 흘러나왔다. 껄떡거리는 주정뱅이 노숙자들에게 길고양이처럼 갈기를 세우던 그녀는 간 곳이 없었다.

전화기 안에서는, 바로 벼락같은 소리가 터져 나왔다.

—이사벨!

"여기 라스베이거스 호텔 블럭 뒤편의 공원이에요. 노숙자 쉼터……."

울먹임을 참아낸 그녀, 잔뜩 메인 목소리로 뒷말을 이었다.

"데리러 오세요. 이제 아무 데도 가지 않아요."

전화를 끊을 때까지 장태는 그녀를 바라보고 있었다. 가출한 모양이었다. 그러나 이제 과거의 이야기가 되었다. 부모에게 연락을 했으니 모든 게 해결될 일이었다.

"잘 썼어요."

그녀가 전화기를 내밀었다.

"잘된 거 같네."

장태는 조용한 미소로 그녀를 응원했다.

"쉐프 덕분에 한 줄 남은 희망의 자락을 잡은 거 같아요."

"이사벨의 의지 때문이지."

"이거 제 평생 최고의 요리였어요."

접시를 들어 보인 이사벨이 식당을 돌아보았다.

"곧 부모님이 올 거예요. 가기 전에 작은 보답이라도 해드리고 싶어요."

"아니, 그럴 필요 없어. 보답을 바란 것도 아니고……."

"그냥 제 마음이에요."

"어쩌려고?"

"톰 아저씨의 바이올린을 좀 빌려다 주세요."

"켤 줄 알아?"

"그럼요. 이래봬도 저……."

그때였다.

끼이익!

조용한 쉼터에 두 대의 롤스로이스가 달려와 멈췄다.

설마 이사벨의 부모님?

장태가 고개를 들었지만 차에서 내린 건 아드리안이었다. 그리고… 뒤를 이어 낯익은 두 남자가 따라 내렸다. 친룽과 장창뻥이었다.

"쉐프 손!"

아드리안을 따라온 친룽과 장창뻥이 손을 들어 보였다.

"여긴 어떻게?"

장태가 나와 둘을 맞았다.

"어떻게라뇨? 당연히 요리가 먹고 싶어서 쉐프를 찾아온 거지."

친룽은 빈 테이블의 의자를 당겨 앉았다.

"카지노에 갔다가 두 분을 만났어. 손 쉐프를 만나고 싶다고 청하시길래……."

아드리안이 입을 열자 장창뻥이 뒤를 이었다.

"아, 실은 어제 우리가 제대로 땡겼거든요. 둘이 합쳐서 100만 불 남짓 먹었습니다."

"정확히 106만 불. 대박이지!"

친룽이 부연을 했다.

"카지노는 놀만큼 놀았으니 남은 건 식도락인데 크리스 쉐프가 공석 중이더라고요. 어쩔까 싶을 때 카지노 지배인이 우리가 맡긴 돈을 찾으러 온 사람이 있다고 하더군요. 그래서 따라왔습니다. 쫓아 보낼 거 아니죠?"

친룽이 소탈하게 웃었다. 장태는 뭐라 할 말이 없었다.

"잊으셨나본데 저 100만 불짜리 빅 게이머입니다. 빅 게이머는 자기가 원하는 쉐프에게 요리를 부탁할 권리가 있는 것으로 아는데요."

장창뻥도 가세한다.

"물론이지. 그게 여기 라스베이거스의 룰이야."

이번에는 친룽.

"부탁합니다!"

마지막으로 장창뻥이 정중한 미소와 함께 가방을 내밀었다.

"뭐죠?"

"보너스입니다. 요리의 예언 덕분에 판을 긁었으니 나눠야죠. 기부금이라고 생각하고 한 접시 부탁드립니다."

"……!"

가방 안에는 무려 10만 불이 들어 있었다. 십일조 조로 10분의 1을 내놓는다는 설명이었다.

10만 불!

모두 **빳빳**한 100달러 지폐.

난생 처음 보는 거금이었다.

"하지만 보시다시피 여기 식당은……."

장태가 2주방을 돌아보았다. 특급 호텔의 VIP들과는 괴리감이 있는 풍경이었다.

"왜 이럽니까? 나도 장창뻥도 어릴 때는 가난했기 때문에 이런 데 익숙합니다. 그러니 당신이 해주는 거라면 푸드 트럭 스타일의 샌드위치라도 기꺼이 먹을 의향이 있습니다."

푸드 트럭 샌드위치!

성공한 사업가지만 아직까지 남아 있는 소탈한 성품. 그렇기에 마당발로 소문난 그일까? 장태는 그의 성품이 마음에 들었다. 조건을 떠나 기꺼이 요리 한 접시 올리고 싶은 사람들. 바로 그들이었다.

"좋습니다. 어차피 찾아오신 분이니, 쏜리!"

장태는 기꺼이 쏜리를 불렀다.

"명령만 내리세요, 쉐프!"

"이분들, 테라스에 자리 좀 부탁해. 청결이라도 최상급으로."

"예, 쉐프!"

쏜리는 허리까지 숙이며 박자를 맞추었다. 돌아보니 이사벨은 보이지 않았다.

일단 식재료부터 확인했다. 푸아그라 테린이 보였지만 양이 넉넉하지 않았다.

'어쩐다?'

장태의 눈이 주방을 스캔했다. 그때 떠오른 게 헤드치즈였다. 온갖 잡동사니 동물 부위로 만들어두었던 쉼터용 편육. 그 또한 테린에 속하니 그걸 이용하기로 했다.

"손 쉐프!"

장태가 식빵을 꺼내 들자 아드리안의 눈이 휘둥그레졌다.

"진짜 샌드위치를 만들 생각인가?"

"네!"

장태는 한마디로 대답했다. 그런 다음 테이블을 세팅하고 돌아온 숀리에게 또 하나의 특명을 내렸다.

"예, 쉐프!"

카드를 받아든 숀리는 득달처럼 뛰어나갔다.

숀리가 사온 건 뿔닭과 홉이 많이 들어간 맥주였다. 익숙하게 무화과와 양파즙, 벌꿀을 발라 재운 장태, 구운 소금과 흑후추로 밑간을 하고 뱃속에 버터와 월계수 잎 등을 찌른 후에 팬으로 살짝 구워 오븐에 넣었다.

"어떤 요리를 하려는 거지??"

숀리를 찾아온 아론이 중얼거렸다.

"푸아그라 테린에 프라이드치킨!"

"에? 진짜?"

"진짜?"

"그렇다니까."

"저 사람들 굉장한 부자 같은데 치킨 가지고 되겠냐? 철갑상어알이나 제비집 같은 거라면 몰라도."

아론이 테라스의 두 사람을 돌아보았다.

"치킨도 누가 만드느냐에 따라 다르지."

"그럼 소스는? 그것도 알아?"

"진하고 푸짐한 소스."

"너 마음대로 지어내는 거 아니지?"

"무식한 놈, 쉐프가 꺼내놓은 와인이 풀바디잖아? 저렇게 묵직한 와인은 진한 소스의 고기나 기름기 많은 고기와 어울리는 거라고."

숀리는 장태의 동작을 따라 레시피를 적느라 바삐 움직였다.

"손 쉐프……."

식당 주인 톰 역시 걱정스러운 표정을 지었다. 하지만 장태는 그렇거나 말거나,

터엉!

태연하게.

타오로 두 동강을 내버렸다. 오븐에서 겉을 노릇하게 구워낸 뿔닭을.

뿡!

요리가 진행되는 동안 와인 코르크도 뽑았다. 하우스 와인 수준의 흔한 레드와인. 그렇다고 해도 레드와인이니 지금 코르크를 뽑는 게 좋았다.

'스파이스는…….'

장태는 이때가 즐거웠다.

요리에 적합한 스파이스를 고를 때.

스파이스는 음식의 화장으로 비유된다.

향!

색깔!

매운 맛!

이 세 가지에 작용하는 스파이스의 세계는 놀랍고도 무궁무진했다. 기본으로 쓰는 수십 가지에 어떤 것을 더하고 빼느냐에 따라 천문학적으로 늘어나기 때문이었다.

붉은 후추와 코리엔더, 거기에 올스파이스를 더한 장태. 그것들을 기름에 알맞게 볶아냈다. 기름과 열로 정유 성분을 휘발 시키는 동안 스파이스는 새로운 생명을 얻었다.

셋 다 친룽과 장창뻥의 오방색 식욕이 원하는 활기찬 맛에 썩 어울리는 스파이스였다.

"우와!"

요리가 완성되자 숀리와 아론이 입을 쩌억 벌렸다. 우선은 난데없는 캐비어 때문이었다. 그런데 캐비어가 완전 독특했다. 색깔이 화이트인 것이다.

"쉐프……."

숀리가 궁금해 하자 장태는 찡긋 윙크로 때워 버렸다.

―토스트에 곁들여진 푸아그라 테린.

―메인은 프라이드치킨.

―화이트 캐비어를 더한 샐러드.

슬쩍 보면 좀 저렴해 보였다. 하지만 노란색 거품이 올라간 옥토 베네그레트 소스와 화이트 캐비어가 분위기를 잡았다. 허술해 보이던 접시가 꽉 차버린 것이다.

"프라이드치킨?"

접시를 받아든 친룽, 미소가 헐거워졌다. 노숙자들의 식당. 큰 기대는 하지 않았지만 그렇다고 프라이드치킨을 먹게 되리라고는 생각지 못한 모양이었다.

"아무려면 어때요? 냄새만 좋은데."

장창뻥이 먼저 포크를 들었다. 90% 대 94%. 그의 식욕 게이지가 더 높은 까닭이었다.

"흐음……."

테린을 입에 문 장창뻥. 순간 어디선가 바이올린 선율이 들려왔다.

"푸하!"

느닷없는 음악 때문에 호흡이 엉긴 걸까? 그는 서둘러 음식을 삼키고는 밭은 호흡을 토해냈다.

"후아아!"

장창뻥은 한 번 더 맛에 취한 입김 폭탄을 토해냈다. 그리고…….

"이거, 굉장해요. 감칠맛 폭탄을 먹은 느낌이라고요!"

"그래?"

지켜보던 친룽의 입으로도 복합 테린이 들어갔다. 순간 바이올린 선율이 좀 더 경쾌해지기 시작했다.

"……!"

친룽의 반응은 눈으로 나왔다. 맛의 회오리를 어쩌지 못해 빳빳하게 굳어버린 눈알만을 뒤룩거린 것이다.

"미치겠군. 이거 보기하고 딴판이잖아? 푸아그라 맛에 온갖 감칠맛이 다 담긴 것 같아."

친룽은 남은 테린을 싹쓸이로 밀어 넣었다.

"빵과 먹으니 기가 막히네요. 느끼함 같은 건 한 톨도 없고 감칠맛이 두고두고 뒷맛으로 터져 나와요."

빵조각을 넘긴 장창뻥이 장태를 바라보았다.

"양과 닭, 오리와 토끼 등의 잡동사니 부위를 고아 만든 편육에 푸아그라를 앞뒤로 얇게 붙였습니다. 두 맛이 어우러지면서 상승작용을 일으킨 겁니다."

장태는 담담하게 설명했다.

그사이에 친룽도 프라이드치킨을 집었다. 선율은 거기에 맞춰 박자를 타고 있었다.

누굴까?

고개를 돌리는 장태. 일단 톰은 아니었다. 그가 바이올린을 켠다지만 이 정도는 아니었다.

그럼 루퉁?

루퉁도 음악을 안다. 한때는 바이올린을 켜며 적선을 받았다고도 했다. 하지만 그의 바이올린은 와인 세 병과 바뀌진 지 오래였다.

느긋해진 선율을 따라 치킨 살점에서 김이 모락 피어올랐다. 이제는 음악까지도 치킨을 재촉하고 있었다. 더 참지 못한 친룽은 맛 향이 아른거리는 살점을 입안으로 밀어 넣었다. 그러고는 바로 고개를 떨구었다.

"왜 그러세요?"

장창뻥이 묻지만 대답이 없다. 답은 조금 후에 새어 나왔다.

"맛있어서! 후아아!"

고개를 든 장창뻥은 침까지 흘리며 웃었다.

"이거 와인에 삶아낸 것도 아닌데…… 살 깊은 곳에서 우러나는 중후하면서도 부드러운 맛은 뭐죠? 소스도 안 찍었는데?"

"배에 버터를 넣어 오븐에서 전처리를 했습니다. 그때 버터향이 속살까지 배었고… 튀김옷에도 몇 가지 스파이스와 함께 분유를 넣었습니다. 덕분에 튀김 옷 수분을 낮춘 까닭에 맛이 깊어진 거죠."

일부는 타오의 활약 덕분이었다. 식재료의 신선도를 살리는 타오. 그랬기에 와인에 삶지 않았어도 닭 본래의 맛을 살려낸 것이다.

이번에는 살점에 소스가 찍혔다. 그러자 바이올린 선율도 함께 튀어 올랐다.

"소스를 더하니 완전 환상이네요. 맛을 훌쩍 올려주는 것 같아요."

옥토 비네그레트 소스의 막강한 위력 역시 혀를 그냥 두지 않았다. 기름과 식초의 전통적인 배합비율을 두 사람의 식욕에 따라 재해석한 소스. 그렇기에 튀긴 요리인 프라이드치킨과 최강의 궁합을 이룬 것이다.

"게다가 여전히 바삭한 이 식감이라니……."

아삭!

아사삭!

튀김옷은 처음과 똑같은 소리를 내며 부서졌다. 그건 온도

차이 덕분이었다. 감자튀김인 폼 스플레를 만들 듯 기름의 온도를 바꿔가며 튀겨낸 것. 덕분에 튀김옷은 마른 낙엽처럼 바삭하고 살은 촉촉한 상태를 유지하고 있었다.

"와인 말고 맥주하고도 드셔보시죠."

그쯤에서 장태, 홉이 많은 맥주를 따라주었다.

꿀꺽꿀꺽!

둘은 목젖이 터져라 맥주를 마셨다.

"으아, 이거 이 맥주하고 딱이네?"

친룽이 탄성을 질렀다. 기름진 고기와 찰떡궁합인 홉이 많은 맥주. 그들로서는 새로운 경험이 아닐 수 없었다.

둘은 뼈까지 쪽쪽 빨며 접시를 비워냈다. 그러자 바이올린 음이 카텐차를 향해 폭주해 갔다. 선율에 섞인 햇살이 춤을 추는 것 같았다. 저절로 어깨와 발목을 들썩이게 만드는 음악. 장태의 마음과 다르지 않은지 몇 노숙자들도 덩실거리느라 바빠 보였다.

마지막으로 화이트 캐비어가 올라간 샐러드.

"……?"

한입 가득 쓸어 담은 친룽, 뭐라 말하지 못하고 눈만 뒤룩거렸다.

"이거… 철갑상어 알이 아니군요?"

입술을 핥던 친룽이 물었다.

"예, 죄송하지만 달팽이 캐비어로 기분을 내보았습니다."

"이야, 달팽이 캐비어? 비주얼은 딱 하얀 캐비어인데?"

"맛도 나쁘지 않네요?"

"다시마와 버섯 우린 물에 푹 담가 두었거든요. 그냥저냥 한 번은 호기심 삼아 먹을 만할 겁니다."

장태가 웃었다. 옆에 있던 손리가 다시 장태를 바라보았다. 이제야 알겠다는 표정. 장태는 손리의 볼을 톡톡 치며 애정을 표시했다.

"쉐프 손!"

샐러드까지 말끔하게 해치운 친룽이 냅킨을 집으며 입을 열었다.

"그럭저럭 한 끼 식사가 되었습니까?"

장태는 조용한 목례를 올렸다.

"최고였어요. 게다가 이런 기막힌 연주까지."

기막힌 연주!

그러고 보니 그랬다.

스피커로 듣는 음악과는 달랐던 것. 긴장이 풀린 장태, 음악이 궁금해지기 시작했다.

*   *   *

"아무튼 사과부터 해야겠소."

"사과라니오?"

"솔직히 요리를 받아 들고 기분이 좀 언짢았다오. 우리가 말은 그렇게 했다지만 기부금도 충분히 드렸는데 프라이드치킨이라니."

"죄송합니다. 식당 사정상 식재료도 많지 않고 한 번쯤은 별식이 될 것도 같아서……."

"아닙니다. 막상 먹다 보니 내가 얼마나 경솔한지 알았습니다. 이건 치킨이 아니라 금덩이를 받은 기분이군요. 치킨이 이렇게 맛있을 수 있다는 사실을 알았으니까요."

"달팽이 캐비어도 빼놓을 수 없죠."

장창뻥도 거들었다.

"고맙습니다. 훌륭한 블랙퍼스트였어요."

"저도 같은 생각입니다."

두 사람의 목소리에는 진심이 담겨 있었다.

"보잘 것 없는 장소에 보잘 것 없는 요리인데 만족해 주시니 영광입니다."

장태는 조용한 인사로 답을 대신했다.

"이런 데서 어려운 사람들을 돕고 있군요?"

친룽이 뒤편에 몰려든 노숙자들을 보며 물었다.

"저분들이 제 공부를 돕는 거죠."

"공부라면?"

"쉐프에게 공부가 뭐가 있겠습니까? 다양한 사람들에게 요리를 만들어주며 맛의 신세계를 찾고 있는 중입니다."

"제가 보기엔 이미 찾은 것 같은데……."

"천만에요. 아직 갈 길이 멀답니다."

"저기 혹시 환자식도 하십니까? 저분들 보니 연로하고 아픈

분들도 많은 거 같은데……."

친룽의 눈동자가 반짝 빛을 발했다. 다른 질문들 하고는 완연히 다른 눈빛이었다.

"능력은 안 되지만 시도는 하고 있습니다."

"우리 쉐프는 쉼터의 요리 닥터세요. 병을 낫게 한 사람이 한둘이 아니라고요."

장태가 대답할 때 뒤쪽의 손리가 멋대로 끼어들었다.

"손리!"

"죄송해요."

장태가 주의를 주자 손리는 고개를 떨구었다.

"그렇군요."

친룽은 알았다는 듯 고개를 끄덕이며 뒷말을 이었다.

"미안하지만 종종 쳐들어와도 될까요?"

"불편하지 않으시다면."

"그럼 다시 뵙겠습니다."

친룽과 장창뼹은 행복한 표정으로 차에 올랐다.

부릉!

리무진이 멀어졌다. 톰이 다가와 어깨를 툭 쳐 주었다. 기분이 좋았다. 이런 행복이 있기에 쉐프로 살 수 있는 것이다.

(누구나 첫 숟가락의 음식을 즐기게 할 수는 있지만 마지막 숟가락까지 즐기게 하는 건 진정한 쉐프만이 할 수 있는 일!)

스승의 노트에 있던 '프랑수아 미노'의 격언을 살짝 맛본 기본이었다.

연주는 그때까지도 계속되고 있었다. 유리 위를 구르는 듯한 청명함은 조금도 지침이 없었다. 뭘 먹어도 즐거울 것 같은 선율.

손리일까?

녀석이 파일을 골라 틀은 걸까? 하지만 그럴 리 없었다. 손리는 내내 레시피를 받아 적느라 바빴기 때문이었다.

그럼 아론?

아니지. 그놈이 무슨 그런 센스가…….

연주의 주인공은 곧 밝혀졌다. 연주자가 주방 안에서 걸어 나왔기 때문이었다.

"……!"

장태는 벌어진 입을 다물지 못했다.

아아!

'이사벨…….'

그녀였다. 미친 듯이 연주에 몰입한 그녀는 완전히 다른 세계의 여자였다. 아니, 하늘에서 내려온 바이올리니스트처럼 보였다.

노숙자의 티를 벗어버린 그녀는, 비록 평범한 옷차림이었지만 우아함이 가득해 보였다. 그때, 노숙자들 사이에서 누군가가 버럭 소리를 질렀다.

"리얀, 이사벨 리얀이다!"

그의 말은 흡사 비명처럼 이어졌다.

"맙소사, 진짜 리얀이야. 바이올린 천재로 불리다 잠적한 커티스 음대의 리얀!"

―커티스 음대!

―바이올린 천재!

노숙자 쉼터와 전혀 어울리지 않는 두 마디는 단숨에 쉼터를 경악 속으로 빠뜨려 버렸다.

"이사벨이 커티스의 리얀?"

표정의 변화를 모르는 아드리안도 출렁 흔들렸다.

"맞아요, 저렇게 하니까 똑같아요!"

핸드폰 검색으로 이사벨의 사진을 찾아낸 숀리까지 자지러졌다.

―마약에 찌든 창녀.

―에이즈 걸린 창녀.

다들 그녀를 그렇게 불렀었다. 풀어헤친 금발은 더러움의 상징이었고 야위고 때 절은 피부는 좀비를 방불케 했던 그녀. 그런 그녀가 커티스의 바이올린 천재였다니.

챵챵좌좌장!

그녀는 그동안 자신의 행적을 지워내기라도 하려는 듯 신들린 듯한 카텐차로 연주를 마무리했다.

좌자장!

좌장!

"쉐프!"

멍한 장태 앞으로 그녀가 다가왔다.

"당신을 위한 선물이었어요. 모차르트 바이올린 소나타 305번 1악장."

"이사벨……."

"맞아요. 내 이름은 이사벨 리얀. 스스로 만든 좌절의 벽에 포로가 되어 삶을 포기하려 했어요."

"……."

좌절의 포로.

그제야, 장태는 알 것 같았다. 그녀의 몽환적인 절망… 천재들의 가혹한 방황……. 일찍이 많은 천재 예술가들이 그런 기행을 선보이지 않았던가.

"몰랐어. 당신이 그렇게 유명한 바이올리니스트였는지……."

"아뇨. 당신에게는 그저… 한 사람의 노숙자일 뿐이었어요."

"……."

제정신의 이사벨과 처음으로 눈길이 닿았다. 몽환이 사라진 이사벨의 눈은 호수처럼 은은하고 깊었다.

끼익!

이제는 장태가 몽롱해지는 걸 브레이크 소리가 바로 세워 주었다.

"우리 마미가 오셨네요."

이사벨의 시선이 장태 뒤로 넘어갔다. 거기, 또 한 대의 중후한 롤스로이스가 멈춰서고 있었다.

"이사벨!"

그녀의 부모님이 뛰어내렸다. 둘 다 기품 넘치는 중년의 신사숙녀였다.

"마미, 파파!"

이사벨도 달려가 엄마 품에 안겼다.

"쉐프……."

언제 다가왔는지 숀리가 장태를 바라보았다.

"왜?"

"설마 알고 계셨던 거 아니죠?"

"뭘?"

"이사벨이 저런 사람이라는 거."

"너는 알았니?"

"아뇨."

"나도 마찬가지야."

"하지만 쉐프는……."

우리하고 달랐잖아요.

숀리의 눈은 그렇게 말했다.

"숀리."

"네?"

"말이지, 이사벨이 진짜 창녀라고 해도 나는 똑같이 대했을 거야. 요리는 사람을 가리면 안 되는 법이거든."

"네에……."

숀리 머리를 쓰다듬는 사이에 이사벨이 다가왔다.

"고마웠어요."

불쑥, 그녀의 얼굴이 다가오더니 장태의 이마에 키스가 작렬되었다.

"……."

철렁!

뭔가가 불쑥 심장을 치는 것 같아 주춤 물러섰다.

"가끔 놀러 와도 되죠?"

"물론……."

"그때도 맛난 호박 치킨 스튜 부탁드려요."

"응……."

이사벨이 손을 내밀었다. 장태는 무엇에 홀린 듯 그 손을 잡았다. 이사벨은 장태를 바라본 후에 차에 올랐다.

"이힛, 우리 쉐프 빽 갔네."

지켜보던 아론과 악동들이 키득 웃음을 터뜨렸다.

'이사벨…….'

차가 멀어졌다. 그동안에도 차 안의 그녀는 계속 손을 흔들었다. 하얀 손을 따라 그녀의 연주가 꿈결처럼 되풀이 되었다.

'모차르트 바이올린 소나타 305번 1악장!'

그랬다.

그래서 그랬던 모양이다. 깊고 깊은 좌절 속에서도 본능으로 긁어대던 허공. 고뇌하면서도 그 몸은 바이올린을 잊지 못하고 있었던 것이다.

사실 바이올린은 잘 모르는 장태.

그러나 온몸으로 느낄 수 있었다. 엄마의 피아노처럼, 영혼을 아련하게 흔들어대는 선율. 그게 증명하고 있었다. 그녀가 얼마나 대단한 연주자인지. 어째서 천재로 불리는지.

"어이, 손 쉐프. 2만 불이 12만 불로 변했으니 이거 어쩔 거야?"

잔뜩 풀린 장태의 정신줄을 아드리안의 목소리가 한 번 더 흔들어놓았다.

12만 불!

한국 돈으로 환산하면 약 1억 5천 남짓.

자본주의의 나라 미국에서도 12만 불은 거액에 속했다.

머리를 맞대고 앉은 사람은 장태와 스승, 아드리안과 톰이었다.

"저는 커피나 내려오겠습니다."

톰은 바로 의견 제시를 포기했다.

"아, 이럴 줄 알았으면 이사벨에게 바이올린이나 좀 배우는 건데."

쩝, 아쉬운 입맛을 다시는 톰.

"10만 불은 2만 불이 새끼를 친 것이니 그냥 쉼터를 위해 쓰면 될 것 같습니다."

장태가 말하자,

"안 돼!"

아드리안과 스승이 입을 모아 반대했다.

"배보다 배꼽이 더 클 수는 없지."

아드리안이 웃었다.

"한국에서는 그런 경우 많거든요."

장태의 항변.

"여긴 아메리카야!"

아드리안의 방어는 틈이 없었다.

"우리야 그렇다고 쳐도 쉐프 손은 아직 젊어. 언젠가는 뉴욕에 가서 번듯한 레스토랑 하나 차려야 할 것 아닌가?"

아드리안이 희망을 내보였다. 전 세계 모든 쉐프들이 한 번은 꿈꿔보는 요리의 천국 뉴욕.

─그곳에 내 가게!

─가능하면 미슐랭 별도 한두 개쯤!

장태도 그 꿈을 꾸었었다. 그리하여 유니온 스퀘어 카페처럼 뉴요커들의 사랑을 듬뿍 받게 된다면… 혹은 이스트할렘 모퉁이의 '라오스'처럼 꿈의 테이블을 이룰 수 있다면……

'안 되지.'

장태는 이내 미몽에서 깨어났다.

이 돈은 애당초 돈을 위해 만든 요리에서 나온 게 아니었다.

"레스토랑을 차려야 한다면 여기가 먼저입니다."

"여긴 시유지가 붙어 있어서 불가능한 거 알잖아. 철거 안 하는 것만 해도 다행이지."

"그럼 아드리안이 맡아서 써주세요!"

장태는 고집을 꺾지 않았다.

"그럼 N분의 1!"

아드리안이 절충안을 내놓았다. 세 명이 삼등분하자는 뜻.

"아드리안!"

"싫다면 쉐프 손을 여기서 쫓아낼 수도 있네."

아드리안이 괜한 엄포를 놓았다.

"하는 수 없군요. 그럼 우리 셋이 공범인 셈이니 3분의 1로 나눠 4만 불만 제 계좌에 넣어두겠습니다."

"안 돼!"

장태의 말을 들은 스승이 고개를 저었다.

"선생님!"

"자네는 이미 나에게 돈으로 셀 수 없는 선물을 주었네. 그 돈은 자네 몫이야."

스승의 눈빛은 꺾이지 않았다. 그걸 아는 아드리안이 다시 한 번 상황을 정리했다.

"8만 불을 쉐프 손 계좌에!"

땅땅땅! 판결봉이다.

분위기로 보아 더는 어쩔 수 없는 일이었다.

"쉼터에 기부한 4만 불 역시 쉐프 손과 쉐프 강 이름으로 기록하라고 하겠네. 다만 그 일부는 수술이 필요한 노숙자를 골라 치료비로 쓰면 어떨까 싶네만."

아드리안이 의견을 개진했다.

"그 돈의 용처는 아드리안께 일임하겠습니다."

장태는 참견하지 않았다. 아드리안이라면, 스승만큼이나 믿을 수 있는 사람이었다.

그때 주방 쪽에서,

"으아악!"

아론의 비명이 터져 나왔다.

"무슨 일이야?"

먼저 달려온 장태가 물었다.

주방에 있는 건 숀리와 아론, 그리고 그 또래의 악동들이었다.

"흠흠!"

냄새만으로 장태는 상황을 알았다. 남은 재료로 숀리가 프라이드치킨을 시도한 모양이었다.

"숀리, 너 치킨에다 무슨 짓을 한 거야? 이거 완전히 똥맛이잖아?"

아론과 악동들은 퉤퉤 입안의 것들을 뱉어냈다. 그러자 숀리, 어깨를 으쓱하며 말했다.

"쉐프 레시피대로 한 건데, 왜 이러지?"

장태가 보니 원인 중 하나는 소금.

튀긴 후에 바로 소금을 뿌리는 만행을 저지른 것이다. 그렇게 하면 표면이 변하고 튀김이 바삭하지 않게 된다.

"아으, 입만 버렸네."

아론과 악동들은 인상을 긁으며 나갔다.

"쉐프!"

숀리, 그제야 장태를 알아차리고 고개를 들었다. 그래도 주눅 든 표정은 아니다. 늘 씩씩한 숀리. 그래서 더 정이 가는 소년이었다.

"다음에는 잘할 수 있을 거예요."

"그럼."

숀리의 사전에는 실패라는 게 없다. 경험이 있을 뿐.

"그런데 안나가 계속 안 보이네?"

"그러게요? 알바 갔나?"

"알바?"

"저쪽 블록의 찰리네 햄버거 가게 있잖아요? 거기 일자리 알아본다고……."

"그럼 거기서 일하고 있는 거 아닐까?"

"그건 아니에요. 제가 아까 가봤거든요."

"햄버거 사 먹으러?"

"그냥 구경하러요."

"그 집 햄버거가 그렇게 맛있다며?"

"뭐 이번에도 주 햄버거 경진대회에서 그랑프리 먹었대요."

"너도 먹어봤니?"

"쳇, 그까짓 햄버거……. 나는 안 좋아해요."

거짓말이다.

고아 소년 숀리.

거짓말을 하면 귓불이 하얘진다. 노숙자 쉼터 식당에서 심부름을 하며 생계를 이어가는 숀리. 그러니 햄버거 하나 제대로 사먹을 돈이 없다. 더구나 요리를 배우느라 구걸도 나가지 않고 있었다.

"이거 받아라."

장태, 지폐 한 장을 내밀었다.

"식료품 사오게요?"

"아니, 햄버거!"

"네?"

"내가 궁금해서 말이야. 최고의 햄버거가 어떤 건지……."

"쉐프……."

"한 열 개 사와라. 실컷 먹고서 레시피 파악해서 찰리네 햄버거보다 맛있는 햄버거 만들기 내기하는 거다."

"에, 지면요?"

"그럼 당연히 감자 껍질 벗겨야지."

"또 감자요?"

"아니면 마더 소스 외우기!"

숀리는 외우는 걸 싫어한다. 그래서 아직도 소스의 기본이 되는 다섯 가지 마더 소스조차 숙지하지 못하고 있다.

베―벨―토―에―홀.

―베샤멜!

―벨루테!

―토마토!

―에스파뇰!

―홀랜다이즈!

"차라리 감자를 벗길래요!!"

숀리는 빽액 소리치며 뛰어나갔다.

3장

명품 햄버거의 비밀 레시피

기다리는 동안 장태는 언제나처럼 스승의 치료식을 준비했다. 하루도 미룰 수 없는 공부였다.

'공부……'

장태가 혼자 웃었다. 그러고 보니 요리는 공부의 연속이었다. 토닥토닥 칼질하고 끓여낸다고 요리가 아니었다. 요리사가 되는 게 아니었다.

한국의 주먹구구식 작은 식당 같은 곳이라면 경험만으로 버틸 수도 있다. 하지만 한국 역시 진짜 요리의 세계는 달랐다. 덕분에 장태의 동기들도 여럿 요리를 포기했다.

한국의 조리고등학교에서 만난 친구들, 상당수는 공부가 싫어서 온 아이들이었다. 그 친구들은 조리사 자격시험공부도

싫었다. 재료의 특성을 배우고 공부하는 것도 싫었다.

그럼 어떻게 요리사가 된다는 건가?

—그냥!

그게 정답이었다.

우습게도 몇몇 아이들은 그저 잘라서 넣고 끓이거나 볶고, 적당히 조미를 하면 요리가 되는 것으로 알았다. 먹방이나 쉐프 프로그램에 나오는 그런 요리사가 빨리 되고 싶을 뿐이었다.

궁합이 NO인 음식.

—돼지고기와 도라지.

—양고기와 호박.

—바닷게와 감.

—꿀과 부추.

—오리고기와 마늘.

—토마토와 설탕

궁합이 YES인 음식.

—스테이크와 파인애플

—돼지고기와 표고버섯, 새우젓.

—닭고기와 인삼

—미꾸라지와 산초

—복어와 미나리

—생선회와 생강

이 정도만 나와도 아이들 머리에는 쓰나미와 지진이 일었다.

하지만, 막상 유럽이라는 황야에 나와 보니 고등학교에서 일러준 지식은 꺼리도 아니었다. 이 무궁무진한 요리의 황야는 또 하나의 우주였기에 모르는 자는 도태될 수밖에 없었다.

그렇다고 슬퍼할 필요는 없다. 어떤 요리대가가 말했지 않은가? 주방에는 감자껍질 잘 벗기는 쉐프도 필요하다고.

가만히 돌아본 톰의 바이올린에 이사벨의 얼굴이 겹쳤다. 참 신선한 충격이었다. 그녀의 바이올린. 그건 어쩐지 장태의 요리와도 통하는 구석이 있었다.

'그나저나 안나는……'

아줌마들이 드나들자 안나 생각이 났다. 이제 겨우 몸을 추스른 가엾은 난민 여자. 그 선량한 눈동자가 공연히 염려가 되었다.

또 모르지.

안나도 그녀의 고국에서는… 굉장한 사람이었을지.

장태는 타오의 날로 가지런히 채소를 다듬어냈다.

"쉐프!"

그때 손리가 돌아왔다. 녀석은 흐뭇한 표정으로 햄버거를 한 아름 안고 있었다. 흠흠, 독특하면서도 정겨운 냄새가 풍겨났다.

"어때요?"

손리가 햄버거를 펼쳐 놓았다. 자그마치 12개였다. 소고기 패티 절반에 닭고기 패티가 절반…….

"냄새 죽이는데?"

"패티 재료하고 스파이스 정보는 공유하기예요."

영리한 숀리가 옵션을 달았다. 그의 후각도 우수한 편에 속했지만 장태와는 댈 것이 아니기 때문이었다.

"네가 다섯 가지 이상 맞추면."

"좋아요!"

숀리가 햄버거 하나를 장태에게 건네주었다. 그건 자신 있었다. 소금, 후추, 설탕, 간장, 버터만 해도 다섯 가지니까.

"누가 빨리 먹나 내기할까?"

"에, 그건 나한테 불리할걸요?"

숀리가 웃었다. 녀석은 먹성의 스피드가 좋았다. 그게 노숙자 쉼터의 공통점이다. 누구든 빨리 먹어야 조금이라도 더 차지가 돌아올 수 있었다.

"그거야 대봐야 알지."

"그런데 쉐프."

숀리가 또 다른 쇼핑백을 들어 올렸다. 그 안에서 나온 건 신발이었다.

"신발?"

"누구 건지 모르겠어요?"

"글세? 가만… 아, 생각났다. 안나 거 같은데?"

"맞아요. 오다가 비앙카 아줌마에게 확인했는데 안나 아줌마 것이 맞대요."

"그런데 이걸 왜 네가?"

"주웠어요. 찰리네 햄버거 가게 옆에서요."

"응?"

"아줌마가 거기 알바 알아보러 갔다가 버리고 갔을까요? 찰리네 종업원은 모르는 일이라던데……"

"새로 신발을 구했나?"

장태는 신발을 바라보았다. 이렇게 버리기엔 아직 쓸 만한 신발이었다.

"먹기 시작이에요!"

그 순간, 숀리가 먼저 햄버거를 물었다.

"야, 치사하게……"

장태도 신발을 내려놓고 햄버거를 집었다. 실은 어차피 져 줄 생각이었다. 그래야만 숀리가 조금이라도 더, 편한 마음으로 많이 먹을 수 있기 때문이었다.

우물!

한입 물자 소고기와 함께 풍후한 소스의 맛이 느껴졌다.

"……!"

좋았다. 혀 천장까지 무대뽀로 밀고 올라오는 패티와 야채, 그리고 소스의 조화. 그 안에 들어간 스파이스도 썩 좋은 배합으로 만들어진 게 틀림없었다.

게다가…….

'부드러운 육질 안에 감도는 이 깊은 맛……'

뭘까?

이번에는 닭고기 패티를 들었다. 그 맛은 거기도 있었다. 다만, 감이 달랐다. 소고기 패티 안에는 고기로 첨가되었고 닭고기 패티 안에는 육수로 첨가되어 있었다.

'양고기?'

아니, 그것도 아니······.

'그렇다면······.'

장태의 상상이 갖가지 고기를 헤집고 다녔다. 닭고기와 더불어 사슴고기와 염소고기까지.

'그것도 아니고······.'

감이 잡히지 않았다. 쉐프는 더러 맛의 차별화를 위해 특별한 고기를 쓰기도 한다. 베트남의 쥐고기 요리가 그렇고 사우디아라비아 사람들이 먹는 답(Dhab), 즉 도마뱀도 그렇다.

그런데 이건 그런 종류의 육질도 아니었다.

"쉐프, 저는 벌써 네 개째예요."

숀리가 네 번째 햄버거를 집어 들 때였다. 장태 입안의 패티에서 아주 미묘한 맛의 정체가 느껴졌다.

"······!"

장태는 숨을 멈췄다. 그리고 다신 한 번 확인했다.

'빌어먹을!'

벌겋게 상기된 장태, 숀리가 베어 물려는 햄버거부터 후려쳐 떨어뜨렸다.

"쉐프!"

놀란 숀리가 장태를 바라보았다. 장태는 입안의 패티를 토해내며 소리쳤다.

"뱉어, 인육이야!"

"네?"

"인육이라고!"

장태는 어리벙벙해하는 숀리의 얼굴을 개수구 물속에 처박았다.

"안나!"

정신을 차린 장태는 숀리와 함께 안나를 찾아 나섰다.

인육!

물론 100% 확신은 할 수 없었다. 장태 역시 인육을 먹어본 적이 없기 때문이었다. 다만 불안이 앞섰다. 인육이 의심스러운 햄버거. 그 부근에서 발견된 안나의 신발. 일단 그녀의 신변부터 찾기로 했다.

"어제 밤부터 보이지 않았어요."

그녀와 친분이 있는 여자 노숙자들이 입을 모아 말했다.

"쉐프!"

숀리의 안색에 공포가 서리기 시작했다.

햄버거 패티와 인육.

그렇게 연결하니 경악스럽지 않을 수 없었다.

'젠장!'

일단 확인이 필요했다. 자칫 오해를 하고 나섰다가는 잘나가는 햄버거 쉐프 하나를 망칠 일이었다.

그러자면!

방법은 단 하나. 인육을 요리해 맛을 대조하는 것.

"아론이랑 애들 데리고 좀 더 찾아봐라."

손리에게 당부를 하고 주방으로 달렸다.

"왜 그렇게 바빠? 내가 뭐 좀 도와줘?"

주방에서 장부를 정리하던 톰이 말했다.

"커피 한 잔 부탁합니다."

"오케이, 브라질에서 온 게 있는데 우아하게 내려올게."

톰은 가뜬한 마음으로 주방을 나갔다.

오싹!

타오를 잡자 피부가 먼저 반응을 했다. 그 칼이 생각을 아는 것만 같았다.

'어디를?'

장태는 마른침을 넘겼다. 세계적으로 인육은 늘 회자의 대상이었다. 식인종은 사라졌지만 엽기적인 인간들은 끊임없이 태어났다. 한국의 조리고등학교에서도 그런 말은 많았다.

가까운 구한말.

특히 문둥병으로 불리는 나병환자들에 얽힌 이야기였다.

—진달래를 따먹다 문둥병자에게 걸려 간을 잃었다거나,

—흉년에 양식이 떨어진 아버지가 늙은 어머니 공양을 위해 아기를 가마솥에 넣었다는 것.

그런데!

그런 '소문'은 비단 한국에만 있는 게 아니었다. 광활한 미국에도 있었고, 중국과 브라질에도 있었다.

'조금만……'

칼이 허벅지로 내려갔다. 살점은 정말이지 조금이면 되었다. 그런데 그 조금이 달팽이 육질을 썰 듯 쉽지는 않았다.

그때였다.

밖에서 펑 하는 폭음이 들려왔다. 이어 톰이 허둥지둥 주방으로 달려왔다.

"쉐프 손."

"왜 그러시죠?"

장태가 물었다.

"방금 앞 도로에서 차가 폭발했어."

"도로요?"

"차가 불타고 있다고!"

그 소리를 뒤로 하고 뛰었다. 손에 타오를 들고 있다는 것도 잊은 채. 사고 현장은 멀지 않았다. 톰의 말대로 차에서는 불기둥이 솟구치고 있었다.

"안에 사람이 있어요!"

몰려든 행인과 노숙자들이 소리쳤다.

띠뽀띠뽀!

구급대와 소방차가 폭주하는 소리가 들렸다. 순간, 무심한 바람이 장태 쪽으로 불어왔다.

"……!"

장태는 호흡을 멈췄다. 불에 탄 사람 냄새였다.

'인육 타는 냄새…….'

달리 말하면 인육 굽는 냄새와 다를 게 없었다. 장태는 홀린 듯 인파를 헤치며 앞으로 나갔다.

"쉐프 손, 위험해!"

가까운 곳에서 루퉁이 소리쳤지만 장태는 멈추지 않았다.

'이 냄새⋯⋯.'

장태는 후각을 모조리 열었다.

촤아악!

소방관들은 필사적으로 화재 진압에 나섰다. 다행히 불길은 곧 잡혔다. 하지만 안에는 남은 게 없었다. 차든 사람이든 죄다 시커멓게 변해버린 것이다.

오 마이 갓!

"우에엑!"

구급대원들이 사체 수습에 나서자 구경꾼들이 토악질을 하기 시작했다.

"쉐프⋯⋯."

그때까지도 넋이 나가 있던 장태에게 손리가 달려왔다.

"괜찮아요?"

"응?"

"괜찮냐고요?"

"⋯⋯."

파앗!

대답도 없이 장태가 벼락처럼 치고 나갔다. 그 발이 향하는 곳은 찰리네 햄버거 가게 쪽 블럭이었다. 살 타는 냄새⋯⋯. 거의 확실했다. 햄버거의 패티에서 느껴지던 기괴한 친근감. 바로 인육의 맛이었다.

인육!

*   *   *

찰리네 햄버거 가게.

라스베이거스에서도 나름 잘 나가는 명품 수제 햄버거집이었다. 장태도 몇 번 지나간 적이 있었다. 하지만 햄버거에는 큰 관심이 없던 터라 사 먹지는 않았었다.

〈주 햄버거 콘테스트 3연속 그랑프리 수상!〉

가게 앞에는 작은 광고판이 출렁이고 있었다. 사람은 많았다. 가벼운 비트가 섞인 음악을 따라 사람들은 어깨를 으쓱거리며 차례를 기다리고 있었다.

"마미!"

줄에 서 있던 한 금발 소녀가 엄마 손을 당기며 장태를 바라보았다.

"……!"

그제야 알았다.

장태, 그 손에 푸주칼 타오가 들려 있는 것을. 얼른 타오를 뒷춤에 숨겼다. 그러고 보니 복장도 조리복이었다.

'후웁!'

호흡을 조절하고 풍겨오는 냄새에 집중했다. 패티 굽는 고소한 냄새가 후각에 들어오자 속이 울렁거렸다. 아까는 친근한 맛, 그러나 지금은 속을 뒤집어 버리는 이 오묘한 냄새.

'인육…….'

소고기 냄새에 눌렸지만 인육의 향은 있었다. 냄새로 보아 소량을 섞은 모양이었다. 판매대를 바라보다 찰리와 눈이 마주쳤다.

"Get in the line!"

줄 서!

그는 콧노래를 흥얼거리며 손님들의 줄을 가리켰다.

'경찰을 불러야 하나?'

궁리를 하다 고개를 저었다. 아직은 증거가 없었다. 찰리네 햄버거집 사장이라면 이 지역에서 잔뼈가 굵은 쉐프. 자칫하면 동양인인 장태가 무고죄를 뒤집어쓸 판이었다.

―인육이라는 근거는?

―냄새가 납니다.

―당신 직업은?

―노숙자 식당…….

경찰은 누구 말을 믿을까?

장태는 뒤편으로 돌았다. 서시 후문이 있었다. 조리복을 벗어 둘둘 만 후에 옆구리에 끼었다. 흰 옷에다 품이 길어 기동력이 떨어지기 때문이었다.

안쪽으로 들어가자 주방의 열기와 고기냄새가 풍겨왔다.

'냉장 창고…….'

어디 있을까? 패티는 즉석에서 만들어 쓰는 곳이니 인육을 쓴다면 어딘가 보관하고 있을 게 분명했다.

"……!"

두리번거릴 때 조리사 한 명이 나왔다. 장태는 높이 쌓인 박스들 사이에 몸을 숨겨 시선을 피했다. 조리사는 다음 문을 열었다. 거기가 냉장창고였다.

그가 쇠고기 한 덩어리를 안고 나왔다. 걸음소리가 멀어지 자 장태가 냉장창고로 다가섰다. 다행히 문은 잠기지 않았다.

안에는 여러 부위의 고기가 많았다. 양고기도 보이고 돼지 고기, 닭고기에 칠면조도 보였다. 하지만, 장태가 찾는 그것, 인육으로 의심되는 덩어리는 보이지 않았다.

'분명…….'

장태는 다시 후각을 집중했다. 그러자 미세하게 느껴졌다. 사람의 피 냄새… 그리고 살 냄새…….

*　　　　*　　　　*

일단 창고에서 나왔다. 어쩌면 인육은 비밀리에 보관할 수 도 있었다. 그래야 불시 위생검사가 나와도 넘어갈 수 있을 테 니까.

그러다 주방을 바라볼 때였다. 등 뒤에서 누군가의 손이 어 깨에 닿았다.

"……?"

장태는 심장이 쪼그라붙는 것만 같았다. 조심했지만 들킨 건가 싶을 때,

돌아보니 손리였다.

"쉐프!"

"쉬잇!"

손가락을 입술에 대고 손리의 어깨를 당겼다.

"네가 웬 일로?"

"쉐프 뒤를 쫓아왔어요."

낮은 소리를 내며 돌아보는 장태. 다행히 주방 사람들은 제일에 바빠 보였다.

"쉐프……"

"알아볼 게 있어서 왔어. 기왕 왔으니 망 좀 봐라."

"예."

대답을 들으며 장태는 다시 주방 쪽으로 다가섰다. 패티는 수작업이었다. 과연 최고의 햄버거를 지향하는 쉐프다웠다.

분쇄기로 갈면 고기의 조직이 망가진다. 대량 작업에는 적합하지만 맛을 살리는 데는 수작업만한 게 없는 것이다.

'저거……'

장태의 시선이 쉐프 칠리에게 닿았다. 테이블의 중앙에서 위엄을 뿜으며 패티를 굽는 칠리. 40대 후반의 그는 수려한 외모에 떡 벌어진 상체를 지니고 있었다. 물론, 장태의 관심은 쉐프의 외모 따위가 아니었다.

그가 뒤집는 패티의 고기……

갓 익어가는 고기에서 코를 흘리는 냄새가 배어나왔다.

'젠장!'

인육이 들었다.

분명했다.

온몸이 부르르 떨릴 때 손리가 신호를 날려왔다. 밖에서 기척이 들린 것. 장태가 몸을 숨기자 정육배달 직원들이 들이닥쳤다. 그러자 안에서 쉐프 찰리가 나왔다.

"스페셜은?"

찰리가 직원에게 물었다.

"벌써 다 썼어요?"

"주문표 안 봤어? 정신 어디다 두고 다니는 거야?"

"미안. 워낙 바쁘다 보니… 큰형님도 알잖아요?"

직원이 어깨를 으쓱해 보였다. 둘은 형제 사이인 모양이었다.

"알았어. 어차피 오늘 예정된 재료는 마감됐으니 가서 바로 준비하라고."

찰리와 몇 마디 주고받은 직원, 휘파람을 불며 발길을 돌렸다.

"짜식!"

찰리는 피식 웃음을 머금더니 주방으로 들어갔다. 다시 장태가 모습을 드러냈을 때는 찰리 앞에 있던 패티가 사라진 후였다. 아마 햄버거 속으로 들어간 것 같았다.

스페셜!

직원이 한 말이 장태의 귀에 여운으로 남았다. 창고를 보니 가져온 건 쇠고기와 닭고기, 그리고 칠면조고기. 그렇다면 스페설이라는 건…….

인육?

장태는 바삐 걸음을 옮겼다. 후문으로 나온 장태가 햇살을 받을 때 냉장차량은 문을 닫아걸고 출발 직전이었다.

'이런!'

낭패감이 이마를 스칠 때였다. 어디선가 날아온 야구공 하나가 트럭의 앞 유리를 때렸다.

"아니, 어떤 우라질 자식이!"

흥분한 직원이 차에서 내렸다. 그의 시선에 숀리가 들어왔다. 어느 틈에 저만치 앞에 버티고 선 숀리. 마치 잡아보라는 듯이 팔짱까지 끼고 직원에게 도발을 하고 있었다.

"이 새끼, 보아하니 노숙자 주제에!"

발끈한 직원이 숀리를 추격했다. 하지만 그는 숀리의 그림자도 밟을 수 없었다. 초원의 임팔라와 붙어도 지지 않을 숀리의 뜀박질 때문이었다.

"에이!"

기분이 상한 직원은 빈손으로 돌아와 운전석에 앉았다.

부릉!

시동이 걸렸다. 트럭이 움직이자, 냉장 칸 안의 장태가 틈 사이로 밖을 내다보았다. 골목 끝에서 손을 흔드는 숀리가 보였다.

번호판!

폴리스 신고!

문을 살짝 연 장태가 손리에게 신호를 보냈다.

조심하세요!

장태의 의미를 알았을까?

손리의 눈이 간절하게 말하고 있었다.

트럭은 번화한 호텔가를 끼고 돌았다. 다행히 배달이 끝난 상황, 중간에 멈추지 않고 목적지로 달렸다. 외곽으로 나온 트럭은 작은 상가 도로에서 멈췄다. 직원은 카악, 가래침을 뱉더니 작은 건물로 들어갔다.

그가 들어선 곳은 육류 보관소였다. 냉장문을 연 직원은 안쪽에 있는 책상을 향해 다가갔다.

"형님, 나 왔수다."

"배달 끝났어?"

갈고기에 꿴 쇠고기를 내리던 다른 남자가 물었다. 낡은 청바지에 꽂힌 멜빵 사이로 똥배가 출렁거리는 40대 초반이었다. 알고 보니 이들은 찰리네 삼형제, 배달하고 온 직원이 막내였던 것이다.

"물건은요?"

막내가 멜빵 옆으로 다가섰다.

"준비해 뒀어."

"형님이 시식한 건 아니죠?"

직원이 야릇한 미소를 지었다.

"너 같으면 쥐 떼가 우글거리는 곳에서 그 짓할 맛이 나겠냐?"

"쳇, 그래서 저번에도 프랑스 금발 여행자를 꿀꺽 하셨구만?"

"얌마, 그때야 내가 워낙 굶주린 데다 그 둔덕이 예술이라서……."

"아무튼 그때 내가 십겁을 했수다. 하려면 제대로 묶어놓고 하든가 사타구니 얻어맞고 낑낑대는 꼴이라니……."

"그게 다 누구 때문인데? 네가 쥐를 안 잡아서 그런 거잖아? 아까 여기로도 한 마리가 무단 침입해 왔길래 내가 사냥해 주셨다."

멜빵은 쥐가 담긴 부산물 통을 차며 인상을 긁었다.

"미안하지만 잡아도 끝이 없수다. 그놈의 쥐새끼들은 어디로 기어들어오는지."

"가서 식사나 해. 이거 마치면 지하실 작업 들어가야 하니까."

멜빵은 쇠고기 덩어리를 뒤집더니 부위별 해체를 시작했다.

"오늘은 에그 베네딕트?"

"그 망할 제인 년이 아직 사세를 인 얼었어. 그러니 대충 때워."

"또요?"

"햄버거 해줘?"

"됐거든요!"

직원의 목소리가 확 올라갔다.

"싫으면 이거나 구워서 뜯어먹던가?"

멜빵이 작은 고기 한 덩이를 던져주었다.

"이거 그 고기죠?"

"아마!"

"아, 진짜!"

멜빵이 대답하자 직원은 고기를 팽개치며 몸서리를 쳤다.

"왜? 언제는 육질이 끝내줄 거 같다더니."

"됐어요. 그 샘플 나이가 몇인데……."

"야, 남들은 환장을 한다던데 왜 그래?"

"그거야 모르고 먹으니 그런 거고……."

직원은 고기를 걷어차 버렸다.

"배 안 고픈 모양인데 그럼 지하실 작업 준비나 해. 형님 오면 또 난리난다."

"에이, 이건 맨날 일, 일. 돈 긁어도 쓸 시간이 없으니!"

"나중에 나이 먹으면 지중해에 섬 하나 산다지 않냐? 거기 비키니 입은 애들 데려다 파티를 하자."

"다 늙은 다음에요?"

직원은 멜빵 옆에서 칼을 집어 들었다.

두 사람의 대화는 장태도 고스란히 듣고 있었다. 차가 멈추자 재빨리 내려 슬쩍 따라 들어온 것. 음침한 테이블 아래 몸을 숨긴 장태의 시선은 핏발이 곤두설 정도로 힘이 들어가 있었다. 그 시선이 향한 곳은 두 형제의 발에서 가까운 지하실이었다.

피비린내…….

소와 돼지 등의 육류의 것만이 아니었다.

미묘하게 사람의 그것이 끼었다. 하지만 허공에 주렁주렁 매달린 고기 중에는 인육이 없었다.

'지하실……'

장태는 그곳을 집중했다.

기회는 조금 늦게 찾아왔다. 칼을 갈던 막내가 결국 출출하다고 투덜거린 것이다.

"그래, 다 먹자고 하는 짓인데 나가 보자. 우리 예쁜이 제인이 가게 문을 열었는지!"

멜빵은 칼을 내려놓고 막내의 목덜미를 잡아끌었다.

탁!

소리와 함께 안에는 장태 혼자 남았다. 밑에서 나오다 뭔가에 머리를 부딪쳤다. 확인해 보니 열쇠뭉치였다.

고기는 많았다. 최상급과 하급 스탠다드가 적절하게 섞였다. 간간히 양이나 닭, 칠면조 등의 고기도 보였다. 아마 맛 때문에 혼합하는 재료 같았다.

창밖을 확인했다.

두 형제가 멀어지고 있었다. 안을 살펴볼 시간쯤은 될 것도 같았다.

허리를 낮추고 지하실 쪽으로 걸었다. 문은 잠겨 있었다. 머리를 부딪친 열쇠꾸러미가 생각났다. 그걸 가져다 자물통에 넣었다. 몇 개는 허탕이지만 다섯 번째에 맞는 걸 찾았다.

철컥!

낡고 육중한 자물통이 빗장을 풀었다.

"……!"

하마터면 주저앉을 뻔했다. 안에서 흘러나온 기괴망측한 분위기와 냄새 때문이었다.

'인육 냄새…….'

피 냄새와 뒤섞인 생 살 냄새, 거기에 더한 변질된 비린 냄새들. 속이 울렁거렸지만 참고 계단을 내려섰다. 냄새에 걸맞게 지하실은 음산해 보였다.

어둡고 음습한 지하실. 빛 한 줄기조차 없어 주변이 보이지 않았다. 벽을 더듬지만 맞춤형 냉장고가 만져질 뿐 스위치 따위는 없었다.

'뭐야?'

갑자기 불길한 생각이 머리를 스치고 지나갔다. 하지만, 냄새는 옳았다. 이 안… 인육을 취급한 냄새는 분명했다.

시간이 지나자 주변이 조금씩 보였다. 휑하니 가슴을 드러낸 민낯의 벽, 구석에 세워진 두 대의 대형 냉장고, 그게 지하실의 전부였다.

'여기도 아닌가?'

머리를 갸웃거리며 냉장고를 열었다. 그 안도 텅 비어 있었다.

하지만!

"……!"

냄새는 사라지지 않았다. 불과 몇 시간 전까지만 해도 인육이 걸려 있었던 것 같았다.

'바로 여기……'

장태는 냉장고를 가로지르는 쇠파이프를 바라보았다. 거기 걸린 빈 갈고리, 거기서 사람냄새가 진동을 하고 있었다.

'젠장, 쉽지 않군.'

그러다 파이프를 잡았을 때였다. 매끈해야 할 파이프 끝에서 뭔가가 잡혔다.

그리고…….

지잉!

놀랍게도 냉장고 벽이 저절로 열려 버렸다.

"……!"

냉장고 벽 뒤, 두툼한 벽을 사이에 두에 은밀하게 자리 잡은 공간. 그곳은 일종의 도살장처럼 보였다.

어쩐다?

혼자 온 장태. 서두르면 형제들이 오기 전에 확인이 가능할 거 같았다. 아메리칸들의 점심이라는 게 5분 만에 뚝딱 해치우는 게 아니니까. 더구나 신고를 하려면 확인은 필수였다.

꿀꺽!

마음을 굳게 먹고 발을 내딛었다. 커다란 수조와 고기통, 그리고 쓰레기들… 더 경악스러운 구석의 벽. 그곳에 주렁주렁 매달린 덩어리는 사람의 그것 같았다.

찍!

쓰레기통을 건드리자 안에서 쥐 떼들이 튀어나왔다.

으흑!

소리에 놀라 그대로 주저앉아 버렸다. 쥐 떼들이 물고 달아나는 부산물들은 분명 사람 피부의 일부였다.

'이, 이런……'

의심은 했지만 막상 현장을 보니 심장이 벌렁거렸다. 장태는 터질 듯한 심장을 달래며 벽을 잡고 일어섰다. 현장을 보았다. 이제는 경찰이 필요한 시간이었다.

하지만!

"……?"

핸드폰이 만져지지 않았다. 주머니를 다 뒤져도 마찬가지였다.

아뿔싸!

장태의 미간이 확 구겨졌다. 핸드폰은 쉼터에 있었다. 자동차 폭발 때 그냥 두고 뛰어나왔던 것이다. 마른침을 넘긴 장태는 후들거리는 다리를 달래며 겨우 돌아섰다.

그때, 벽의 끝 쪽에서 신음소리가 들려왔다.

"으으……"

장태의 귀가 쫑긋 세워졌다. 잔뜩 곤두선 솜털들 사이로 멜빵이 한 말이 스쳐갔다.

"하나 또 들어왔어."

하나 또.

그렇다면 사람……

공포 속에 너무 오래 있었던 것일까? 떨리던 다리가 조금씩 진정되고 있었다. 장태는 벽을 짚으며 소리를 향해 다가갔다.

덜컹!

중간에 대야를 건드렸다. 그 소리에 놀라 장태는 몸을 낮췄다. 지하실 문 쪽에서는 반응이 없었다. 아직 형제들이 돌아오지는 않은 것 같았다. 대야를 치워놓고 전진했다.

"……!"

이윽고 신음의 실체를 확인한 장태는 벌린 입을 다물지 못했다.

'안나…….'

두 개의 테이블 위에 나란히 올려진 전라의 두 여자. 둘 다 재갈이 물리고 손발이 묶인 상태. 그중 한 사람이 바로 안나였다.

"안나!"

자신도 모르게 말소리가 새어 나온 순간.

"우우웁!"

안나 뒤에 있던 여자가 꿈틀 신음을 냈다.

바로 그때!

빠악!

여자를 바라보던 장태의 뒤통수에도 불똥이 튀었다. 바닥이 선홍빛으로 달구어진 강철 불판처럼, 몹시 뜨끈했다.

갑갑했다.

뭔가 격하게 누르는 느낌. 몸을 움직여야 하는데 냉동 인간

이 되어버린 그런……. 의지 따위는 일체 소용이 없었다. 억지로 비틀면,

와작!

부서질 것만 같았다.

그래도 장태는 힘을 모았다. 이 강한 압박에서 벗어나고 싶었다. 그래서 자유롭고 싶었다.

'잇!'

사력을 다하자 쇠가 부딪치는 소리가 들렸다.

철그렁!

소리가 눈을 열어주었다.

"……!"

눈을 뜨니 몸이 가벼웠다. 새가 된 걸까? 아니었다. 다리는 들렸지만 어깨는 무거웠다. 그 어깨를 달아맨 쇠사슬. 그제야 알았다. 장태, 그 자신이 고깃덩이처럼 허공에 매달렸다는 걸.

고개를 들자 지하실 풍경이 한눈에 들어왔다. 그러다 문득, 한 여자와 시선이 닿았다.

안나였다.

―안나!

―쉐프!

둘은 눈으로 대화를 나눴다. 그녀의 입에도, 장태의 입에도 재갈이 물린 까닭이었다.

뒤통수가 아픈 걸 보니 아까의 충격은 꿈이 아닌 모양이었다.

'들켰군.'

몸이 속박된 게 그 증거였다. 증거를 증명이라도 하려는 듯 저벅, 발소리가 계단을 내려왔다. 하나가 아니었다.

4장

맛에 건 목숨

쉐프!

안나의 눈은 극한 두려움 속에서 속절없이 떨었다.

"어이쿠, 아까 본 친구 아니신가?"

계단을 내려선 찰리가 입을 열었다. 그의 손에는 장태의 조리복과 타오가 들려 있었다.

"저놈 거 맞습니까?"

막내가 찰리에게 물었다.

"암, 아까 우리 가게에 왔었거든."

찰리가 대답했다.

"그럼 우리 햄버거의 노하우를 캐러?"

멜빵이 발골하는 칼을 장태의 턱에 디밀었다. 살짝 닿았음에도 바로 피가 터져 나왔다.

"소리 지르면 알지?"

멜빵이 장태의 귓전에 속삭였다.

"……."

"우리 형님은 소음을 싫어하거든."

멜빵은 느끼한 미소와 함께 장태의 재갈을 풀어냈다.

"이거 제법 관리가 잘된 칼인데?"

앵글로 만든 쇠 의자에 걸터앉은 찰리가 타오를 만지며 중얼거렸다.

"……."

"어디서 왔어?"

"……."

장태는 대답하지 않았다. 태연하지만 광적인 살광이 배인 삼형제. 여차하면 바로 달려들어 살을 도려낼 기세가 역력했다.

"묵비권?"

음산한 미소를 짓던 찰리, 손에 든 타오를 그대로 날려 버렸다.

터엉!

"……!"

장태의 귀를 스쳐간 타오의 칼끝이 벽에 박혔다. 칼날을 맞은 장태의 머리카락이 우수수 쏟아졌다. 그걸 본 안나는 눈을 허옇게 뒤집고 기절해 버렸다. 차라리 잘된 일이었다. 기절하면 더 이상 아무것도 보지 않아도 될 테니까.

"어이, 동양인이라서 우리 아메리카가 합법적 국가라는 걸 굳게 믿는 모양인데 미안하지만 여긴 그런 거 없어. 여기 있는 기준은 말이야……."

우두둑, 얼음 깨지는 소리를 내고 일어선 찰리가 장태에게 다가왔다.

"프라임 아니면 스탠다드일 뿐이야!"

프라임과 스탠다드.

미국의 소고기 등급이었다. 스탠다드라면 저급한 고기의 상징. 인육 지하실의 분위기를 잘 나타내는 말이었다.

"그러니까 묻는 말에 순순히 대답해. 아니면 내 동생들이 저급하게 취급할지도 몰라."

"……."

"너 누구야?"

"……."

"쉐프야?"

"맞아!"

자신도 모르게 장태의 입이 열렸다.

쉐프!

직업 아니랄까 봐 입이 저절로 반응한 것이다.

"쉐프라……. 역시 그렇군."

찰리의 입가에 냉소가 번져 갔다.

"누가 보냈는데?"

"그런 건 없어."

"으음, 그러니까 혼자 돈 좀 벌어볼까 하고?"

"……."

"더 들을 것도 없습니다. 그냥 확 해체해 버립시다."

멜빵이 가래침을 뱉으며 서둘렀다.

"그럴까? 보아하니 육질 상태도 좋은 거 같고 마침 재료도 떨어져 가던 판에 잘됐지?"

"그러게 말이우. 게다가 동양인이니 경찰 놈들 수사도 미국 인만 하지는 않을 테고."

멜빵이 한 걸음 다가섰다.

"그럼 시작하라고."

찰리의 입에서 집행 사인이 시원하게 떨어졌다.

"거참, 고맙게도 제 발로 와주다니……."

멜빵은 발골 칼을 내려놓고 전기충격기를 집어 들었다.

지지직!

짜릿한 섬광이 장태 코앞에서 이글거리며 협박을 해댔다. 초고압의 전기충격기, 닿기만 하면 기절이니 그 즉시 부위별 살덩이로 나뉘게 될 판이었다.

"잠깐!"

장태가 턱을 당기며 말했다.

"왜? 유언하게?"

멜빵이 물었다.

"죽기 전에 한 가지 진실을 알려주고 싶어서 말이야."

"진실? 뭔데?"

"찰리네 햄버거가 더럽게 맛대가리 없다는 사실!"

"……?"

멜빵 뒤편에서 움찔 경련하는 찰리가 보였다. 최고의 맛으로 자부하는 찰리네 햄버거. 거기에 직격탄을 날리자 프라이드에 상처를 입은 모양이었다.

"지금 뭐라고 그랬어?"

찰리의 눈에서 살광이 튀어나왔다. 지지직, 전기충격기보다도 고압이었다.

"당신들 햄버거 맛이 Fuck You라고, Bull Shit!"

필사의 도발.

다행히 찰리가 그 도발에 반응을 했다.

"헤이, 오리엔탈, 네가 햄버거를 알아?"

코앞까지 다가온 찰리가 물었다. 입에서 역겨운 단내가 후끈 풍겨졌다.

"내가 왜 당신 가게에 갔는지 알아? 우리 집 심부름 꼬마가 햄버거를 사왔는데 역겹도록 맛이 없더라 이거야. 그래서 대체 어떤 고기로 패티를 만들길래 이런 똥맛이 나나 확인하고 싶었을 뿐이라고."

"똥맛?"

"그래. 똥맛."

장태는 찰리의 시선을 피하지 않았다.

"이놈이 뒈지고 싶어서 환장을 한 모양이군."

발끈한 찰리가 벽에 꽂힌 타오를 뽑아 들었다.

"푸흣!"

장태가 웃었다. 그건 정말, 목숨을 건 웃음이었다.

"웃어?"

찰리의 눈가에서 미소가 끊어졌다.

"칼 잡는 폼하곤. 그러니 패티에 인육 같은 거나 넣을 생각을 하지. 당신 쉐프 맞아?"

"뭐라?"

"가련한 인간. 아무 고기로도 그 정도 맛을 낼 수 있는데 그걸 못 해서 인육에 안달하다니."

"이놈이!"

타오가 장태의 목에 겨누어졌다. 그래도 그건 멜빵의 칼보다는 나았다. 정이 든 덕분이었다.

"조금 아래를 잡으셔야지. 중심에서 살짝 벗어났다는 거 알지? 그래가지고는 감자껍질 벗기는 것도 제대로 못할걸?"

"그래?"

찰리의 눈알에 핏발이 곤두서기 시작했다.

"한 수 가르쳐 줄까? 햄버거의 진미!"

"……."

"당신의 조잡한 햄버거 따위는 감히 쳐다도 못 볼 럭셔리한 햄버거……."

"조잡하다고?"

"아닌가? 자신이 없기 때문에, 자신의 단점을 가리기 위해 온갖 종류의 고기를 넣는 거잖아?"

"네놈이 내 햄버거를 알아?"

"당연하지. 소고기 패티 중앙에 깔아 넣은 인육, 그걸 감추기 위해 소량의 양고기와 칠면조를 혼합한 거 아닌가? 그리고 닭 패티는 인육에서 뽑아낸 젤라틴 육수를 이용했고……."

장태는 구석에 매달린 인육 덩어리를 바라보았다.

"제법이구나. 경연대회 심사위원들도 모르고 넘어간 걸 알아내다니."

"비율도 말해줄까? 7 대 0.5 대 1 대 1.5!"

"……!"

거기서 찰리의 눈알이 뒤집혔다. 그만의 노하우를 적확하게 집어낸 것이다.

"저 새끼, 우리 배합 비밀을 엿봤나 본데요?"

지켜보던 막내가 핏대를 올리고 나섰다.

"천만에, 그런 건 척 보면 알지. 왜냐면 맛을 살릴 자신이 없기 때문에 저급하게 섞어댄 햄버거니까. 그러고는 말하겠지. 영업비밀이야, 마누라도 몰라!"

"그러니까 네 말은, 네가 내 햄버거보다 더 맛있는 걸 만들 수 있다?"

시선을 고정시킨 찰리가 물었다.

"당연하지!"

"주둥이로?"

"아직 모르나? 파리 라데팡스 광장에 센세이션을 일으킨 햄버거 대박!"

"……?"

"모르는군. 하긴 이따위 만행이나 저지르는 주제에 세계시장의 판도를 알 리 없겠지."

"파리 광장과 네가 무슨 상관인데?"

"그 레시피를 내가 줬거든. 당신 햄버거 정도는 스탠다드급 소고기로도 가능해."

"……!"

물론, 거짓말이었다. 그러나 2년 전 홍콩과 파리에서 굉장한 햄버거 열풍이 불었던 건 사실. 당시 할리우드 스타들까지 맛에 열광한 일이었으니 검색을 한다고 해도 상관없었다.

"파리 레시피라……."

찰리는 타오를 어깨에 걸치며 한 걸음 물러섰다.

흔들린다.

장태는 그의 미간을 스쳐가는 한 단어를 놓치지 않았다.

긴가민가!

그렇다면 좀 더 닦아세울 차례였다.

"못 믿겠으면 한 판 붙어보던가."

"붙어?"

"내가 이래봬도 좀 날리던 유랑 쉐프거든. 세계 곳곳에서 이름 좀 떨쳤어. 온갖 엽기적인 쉐프를 다 만났지만 당신 같은 족속은 처음이라지. 라스베이거스 최고의 햄버거 쉐프. 진짜 자부한다면 증명해 보시지. 당신도 명색이 쉐프라면!"

쉐프!

또렷이 강조하며 찰리를 바라보았다. 그러자 옆에서 뭔가를 눌러대던 막내가 고개를 들며 소리쳤다.

"저 인간, 인터넷에 있어요! 난민촌과 그린피스 애들 요리를 해줬는데요?"

막내의 말은 희소식이었다. 그게 망설이던 찰리의 마음을 흔든 것이다.

"젠장! 그냥 머리통에 바람구멍 내버리죠."

멜빵이 콧김을 뿜으며 재촉했다.

"한 번 속아보지. 제 놈도 쉐프라는데 쉐프끼리 인색하면 쓰나? 파리광장 햄버거의 레시피가 궁금하기도 하고……"

"형님!"

"혹시 쓸 만한 비법이 있으면 응용해서 프랜차이즈로 나가 자고. 이 쑈를 언제까지 할 수도 없고. 너희들도 그만 돈이나 세며 편안하게 살아야지."

찰리가 고개를 끄덕거렸다.

"그럼 성립이 된 건가? 당신과 나의 매치?"

"매치!"

장태를 노려본 찰리가 음산하게 말을 이었다.

"그건 너 혼자 하도록."

"쫄았나?"

"천만에, 여기서는 내가 법이거든."

"……"

"대신 네놈 레시피가 쓸만하면 고국의 가족들에게 유언 편지 정도는 쓰게 해주지. 같은 쉐프로서의 특별 서비스야."

"미안하지만 인심 하나 더 쓰시지. 내가 말이야 이 나이까지 동정이거든. 저기 저 금발 여자와 섹스 추가 어때?"

"동정?"

"요리만 배우다 보니 여자 꼬실 기회가 없어서 말이야. 코리아에서는 장가도 못 가고 죽으면 총각귀신이 된다는 말도 있고 내 소원이 금발 여자 위에 올라가 보는 거여서……."

장태의 말에 찰리, 힐금 안나를 바라보았다.

"혹시 저 여자 구하러 온 건가?"

묻는 눈동자에 핏발이 서는 찰리.

"내 여자였으면 저렇게 되도록 안 뒀지."

"……."

"콜?"

"좋아. 대신 헛소리였으면 각오하라고. 눈알부터 뽑고, 그다음에 혓바닥, 그리고 네놈의 거시기까지 뽑아버릴 테니까. 산 채로!"

후우!

찰리의 의심이 가셨다. 몰래 안도의 숨을 내쉬는 장태…….

"그럼 이 사슬이나 좀 풀어주시지."

장태가 공연히 각을 세우며 재촉했다. 속내를 감추려는 위장이었다.

"저거 다리로 옮겨줘라."

찰리의 시선이 멜빵에게 향했다.

철그럭!

움직일 때마다 사슬이 소리를 냈다. 그래도 손은 풀렸다. 장태는 돌려받은 타오를 들고 주방 테이블 앞에서 손을 풀었다.

"어이!"

구석에 앉은 멜빵이 권총을 겨누며 상황을 상기시켰다.

깝치면 뒈진다.

멜빵의 미소가 윽박지르고 있었다.

"너무 겁주지 마셔. 긴장하면 요리가 제대로 될 리 없잖아?"

장태가 어깨를 으쓱해 보였다.

"주접 그만 떨고 시작하시지!"

막내가 재료를 가져와 내려놓았다. 햄버거를 만들 재료들이었다. 재료라고 해야 번빵과 저급한 소고기가 전부였다.

"이봐!"

장태가 찰리를 바라보았다.

"당신은 명품 햄버거 쉐프 아니었나?"

"……?"

"소고기야 그렇다지만 다른 건 제대로 구색을 갖춰줘야지."

장태가 고기를 들었다 놓았다.

"원하는 게 뭐야?"

"두 가지를 만들 거야. 약간의 양고기와 크래핀, 피클과 생강, 마스터드 오일과 레몬, 양파, 마늘, 각종 후추, 클로브, 몇 개의 파우더와 꿀……."

장태는 긴 주문 뒤에 몇 가지를 덧붙였다.

"그리고 싱싱한 양상추와 아몬드, 바나나와 키위!"

"많군."

성가신 듯 찰리가 인상을 긁었다.

"당신이 쓰는 것보다는 여섯 가지나 적어."

"……."

"아, 육수에 필요한 부속고기는 내가 고르지."

"창고에 있는 재료들을 옮겨다 줘라."

찰리가 막내에게 지시하는 사이, 장태는 발골 테이블 아래에서 닭발을 있는 대로 집어 들었다. 마침 그 통 안에 들어 있던 시커먼 덩어리도 함께.

시커먼 덩어리.

그건 삼형제를 위한 스페셜로 썩 어울려 보였다.

햄버거!

네 가지 요소가 어우러져야 맛을 완성시키는 요리였다.

빵!

패티!

소스!

그리고 피클!

번빵은 준비가 되어 있었다. 찰리네 가게에서 쓰는 번빵. 그건 따로 손을 댈 여지가 없었다. 다음으로 패티. 중요하다. 패티야말로 햄버거의 갑이었다. 다 맛이 떨어져도 패티 맛이 죽여준다면 그럭저럭 먹히는 게 햄버거였다.

그런데 그렇게 생각한다면 햄버거의 진미를 탐구할 생각이 없는 사람이다. 햄버거의 숨은 주인공은 바로……

소스?

NO!

피클이다.

새콤달콤 혀와 정수리를 톡 쏘는 피클이 있어야만 패티의 맛이 십분 부각되는 것.

"Fucking!"

막내는 진땀을 흘리며 주방 재료를 가져왔다. 보아하니 두 동생은 고기와 재료 담당. 아울러 사람을 납치하는 역할들이다. 잘나가는 형을 둔 탓에 고생이 많아보였다.

하지만 어쩔 것인가? 비즈니스 성격상 다른 사람이 끼어들 여지가 없었다. 이들의 노하우는 그 누구도 알아서는 안 될 극비사항이기 때문이었다.

"한 시간 주지!"

찰리가 시작을 알렸다.

*   *   *

탁!

장태의 칼이 제일 먼저 쫀 것은 닭발이었다. 천인공노할 놈들이지만 잠시 잊기로 했다. 감정이 앞서면 계획을 망칠 우려가 있었다.

지금 이 순간!

장태가 원하는 건 최저가의 재료로 만드는 최상의 햄버거였다.

닭발에 이어 소와 양의 힘줄을 가늘게 잘라 넣었다. 타오를 백분 활용했다. 고기가 가진 기억들을 소중하게 깨우고 신선도는, 최대한 살려냈다.

보글보글!

육수로 쓸 냄비가 끓는 동안 오븐에도 예열을 시작했다. 가지런한 장태의 정성은, 요리에 바치는 것이었다. 이들 삼형제가 아닌.

40분!

그동안 장태는 오직 육수만을 끓였다.

한 번 끓인 후에, 냄비 째 찬물에 넣어 식히고, 또다시 같은 일을 반복했다. 닭발의 젤라틴 좀 더 빨리 녹여내기 위한 수단이었다.

"뭐하는 수작이야?"

"그러게요. 저 새끼, 지금 햄버거하고 스튜를 착각하고 계신 건 아니겠죠?"

멜빵과 막내가 구시렁거렸다.

그럴 리가.

장태는 혼자 생각했다. 얼핏 보면 시간낭비일 것 같지만 이 시간차 공략은 효과가 괜찮았다. 한 번 끓인 걸 빠르게 식히고 다시 시도하면 젤라틴 추출에 걸리는 시간을 줄일 수 있는 것이다.

그런 다음 턱 낮은 접시에 젤라틴 끓여낸 걸 얇게 부었다. 1센티미터면 충분했다. 이어, 냉동칸 온도를 최대한 낮추고 그 안에 입수. 원래는 몇 시간 정도 두어야 했지만 워낙 얇게 깔았으니 대충 굳는 흉내는 낼 일이었다.

그사이에 바나나와 키위를 정리했다.

타닥다닥!

20분을 남기고서야 장태의 칼질이 시작되었다. 손에는 칼바람이 이는 것 같았다. 저급한 쇠고기에 이어 양고기 차례였다. 그 역시 평범한 등급의 육질이었다.

"저건 뭐죠?"

또 하나의 고기가 다듬어질 때 멜빵이 찰리를 바라보았다. 권총 총구로 사타구니를 슥슥 문지르면서.

"조심해라. 그러다 페니스 나갈라."

"젠장, 이놈이 총구보다 더 단단한 거 몰라서 그래요?"

멜빵이 안면근육을 실룩거렸다.

'뭐지?'

실은 찰리도 궁금했다. 잘게 다져지는 육질로 보아 소나 양고기는 아니었다.

"지하실 샘플 올려다 둔 거 있었나?"

찰리가 멜빵에게 물었다.

"기름덩어리 떼어온 거 밖에 없수다."

기름!

그렇다면 아니었다. 장태가 다듬는 고기에는 지방이 거의 보이지 않았다.

'칠면조 고기인가?'

찰리는 그냥 넘겨 버렸다.

그 순간에도 장태의 손은 쉴 새 없이 움직였다. 처음 보는 주방, 절체절명의 상황이지만 흔들리지 않았다.

'쉐프란, 그저 요리를 할 뿐이다'라는 최면 덕분이었다.

실제로 장태, 위기 속에서 요리를 한 적도 있었다. 유럽의 난민촌이었다. 어느 날 저녁 스튜를 준비할 때 사단이 나버렸다. 테러 혐의를 받던 범인이 난민촌으로 뛰어든 것이다.

경찰과의 총격전이 벌어졌다. 실제로 총알 두 발이 임시 주방의 기둥에 박히기도 했었다. 그래도 장태는 요리를 했다. 총알보다 장태의 요리를 기다리는 사람이 압도적이었던 것이다.

'안나…….'

그녀를 생각하며 더 집중했다. 난민 때 가엾게도 아가를 잃은 그녀. 이런 식으로 최후를 맞게 할 수는 없었다.

잘 다져낸 소고기에 양고기를 적량 섞었다. 정확히 7 대 3. 퀄리티가 높은 소고기라면 양고기의 비율을 줄여도 되겠지만 오늘은 아니었다.

구운 소금과 블랙페퍼로 밑간을 하고 양파즙과 무화과즙

을 더했다. 그런 다음 냉동고에 넣어둔 육수를 꺼냈다. 급속 냉동고 속의 육수는 표면만 굳은 상태. 그걸 다진 고기에 섞어 반죽을 했다. 잘 굳었으면 좋았겠지만 크래핀으로 감싸 모양을 잡아주니 그럭저럭 해결이 되었다.

첫 번째 패티 준비 완료!

다음으로 집어든 건 의문의 고기였다. 찰리의 시선은 아직도 그 고기를 쫓아다녔다. 분명 그들의 고기 테이블에서 가져온 것. 하지만 어떤 고기인지, 어떤 부위인지 알 듯 말 듯한 궁금증 때문이었다.

준비는 첫 번째와 대동소이했다.

각각 세 개씩, 합 여섯 개의 패티가 준비되었다. 다만 크기는 좀 달랐다. 식욕 스캔으로 읽어낸 먹성과 육즙, 스파이스의 함량 등을 개별적으로 조절하기 위한 방편이었다.

"야, 10분 전이야!"

막내가 친절하게 소리쳤다.

'그럼 냄새 좀 풍겨볼까?'

장태는 약이 오른 철판을 바라보았다.

촤아아아!

패티가 철판에 올라가자 철판은 높은 소리로 지방을 총알처럼 볶아댔다.

"저 새끼, 철판 온도도 확인 안 하네?"

팔짱을 끼고 있던 막내가 쯧쯧 혀를 찼지만 찰리는 반응하지 않았다. 그도 쉐프 소리를 듣는 사람. 패티에서 올라오는 연기만으로 장태의 수준을 읽어낸 것이다. 아무런 체크도 하지 않고 구이를 시작한 장태. 급해서 멋대로 하고 있는 걸까?

아니!

그건 아니었다. 장태는 지금 촉각으로 온도를 읽었고, 찰리도 그걸 알았다.

"오, 냄새는 굿!"

막내가 코를 벌름거리며 말했다.

그사이에 장태는 아몬드병 뚜껑을 열었다. 그리고 상태가 좋은 것만을 골라 타오로 톡톡 건드렸다. 싱싱함을 살려내려는 의도였다.

"얌마, 숯덩이를 줄 참이야? 고기에 집중해야지!"

다시 멜빵이 소리쳤다. 장태는 모른 척, 아몬드를 다 갈아낸 후에야 철판 앞으로 다가섰다.

"……!"

뒤집어놓은 패티를 본 찰리의 미간이 굳어갔다.

'타이밍……'

정확했다.

더도 덜도 아닌 최적의 상태에서 패티를 뒤집은 장태였다. 수도 앞으로 돌아간 장태는 바구니에 가득 담긴 양상추를 죄다 털어 넣었다.

양상추…….

이게 바로 핵심이니까.

"아놔, 저 새끼, 양상추 범벅을 만들 생각인가?"

막내의 짜증이 작렬했지만 장태는 신경 쓰지 않았다.

그런데!

장태는 아무 상추나 쓰지 않았다. 보다 싱싱한 것만을 골라든 장태. 한 움큼 집어 들고 성등 끝을 베어냈다.

성등성등!

한두 번이 아니었다.

다다익선이다.

많을수록 좋았다.

"아, 진짜 저 새끼……."

막내가 또 핏대를 올렸다.

"놔둬라. 상추 다루는 걸 보니 제 목숨 재촉 중인 모양인데……."

찰리가 막내를 눌렀다.

그래봤자 남은 시간은 5분 정도. 어차피 5분 후면 뒈질 목숨이라 여긴 것이다. 찰리의 이 판단은 나쁘지 않았다. 제대로 된 쉐프라면 양상추를 칼로 성등거리지 않는다. 한 장 한 장 손으로 만지거나 찢어내는 게 맛을 살리는 길. 물론 장태가 그걸 모를 리 없다. 다만 장태는 따로 계산이 있었다.

치이익!

마침내 패티가 불판에서 나왔다. 장태가 꺼내든 패티에서는 매혹적인 냄새가 진동을 했다. 특히, 찰리가 주목하던 그 고기가 더했다.

"어쭈, 냄새는 아주 죽이는데요?"

멜빵이 의자에서 일어섰다.

"시식하시지!"

장태가 여섯 개의 햄버거를 내밀었을 때는 1시간에서 15초가 남아 있었다.

여섯 개의 햄버거.

두 가지 풍으로 담아낸 햄버거는 찰리의 것과 외관이 비슷했다. 심지어는 양상추 일부를 잘라내고 아래 위에 두 장씩 세 각도로 깔아 열두 장을 쓴 것도 같았다. 다만 다른 건 토마토 자리에 저민 키위와 바나나를 끼워 넣었다는 것.

나아가, 흘러내릴 듯 풍부한 스파이스는 세 사람분이 조금씩 달랐다. 식욕 스캔. 그것으로 읽어낸 취향을 반영한 것이다.

"어디……."

제일 먼저 집어 든 건 멜빵이었다. 권총을 뒤춤에 찌른 그는 두툼한 패티가 든 번빵을 거의 절반이나 베어 물었다. 그의 것이 제일 컸다.

"푸하!"

맛을 본 멜빵의 입에서 침과 육수가 섞인 파편이 풍성하게 튀어나왔다.

"형님!"

파편을 뒤집어쓴 막내가 짜증을 냈다.

"미안, 이게 생각보다 맛이 좋아서 말이지."

멜빵은 그새 남은 반쪽까지 넘겨 버렸다.

"완전 육즙 홍수네 홍수. 싸구려 부위에다 살짝 신선도가 가출한 건데도 누린내가 전혀 없어. 게다가 코를 살짝 찌르며 올라오는 홍건한 맛이 입천장에서 사라지질 않는다고!"

"아, 진짜 뻥은… 어디 내가 한번…… 옵!"

뒤이어 한 입 문 막내도 말문을 닫아버렸다.

'젤라틴……'

찰리는 그 비밀을 알아차렸다. 자신의 소스보다 찰기를 더한 장태의 소스. 잡내를 잡은 닭발에서 우러나온 풍부한 젤라틴이 패티에 녹아들어 끈기를 이루며 부드러운 미각을 형성하고 있었다.

"으음……."

피클에 더한 머스터드 오일……. 그 신맛에 달콤함과 새콤함을 올려준 벌꿀과 구운 레몬과즙, 싸아하면서도 시원한 자극을 보태는 후추와 클로브, 쿠민시드 등의 스파이스…….

'그런데……'

찰리는 고개를 갸웃거렸다. 풍미 속에 딱 하나의 이질적인 맛이 감지되었다.

쌉쌀한 맛!

벌꿀과 레몬과즙에 이어 저민 바나나와 아몬드 가루가 그 맛을 감추고 있지만 그래도 뒷맛이 남았다. 그것만 빼고는, 괜찮았다.

"으아, 이건 더 죽이는데요?"

다시 멜빵의 목소리가 높아졌다. 이번에는 찰리가 주목하던 고기가 주를 이룬 햄버거였다. 막내에 이어 찰리도 한 입을 물었다.

"후어!"

하마터면 눈물을 쏟을 뻔했다.

대체…….

'뭐지? 이 감미로운 육질의 맛은?'

이번에는 찰리가 더 크게 반응했다. 소고기도 아니고 양고기도 아닌 맛. 그러나 입안에 미치도록 개운한 여운을 남기는 맛. 혹시나 하고 다시 음미하지만 '그 맛'은 아니었다.

"어이, 이거 더 없어?"

멜빵이 다섯 손가락을 쪽쪽 빨아대며 물었다.

"쏘리, 그 부위는 거기까지."

장태가 어깨를 으쓱해 보였다.

"저놈 잡아!"

마지막 남은 한 점을 내려놓은 찰리, 입에서 살벌한 소리가 밀려나왔다. 지시를 받은 멜빵이 바로 권총을 겨누었다.

"이봐, 동생들은 맛있어하는 거 같은데 왜?"

"칭찬이야 립서비스일 수도 있지."

찰리가 음산하게 웃었다.

"생떼 아니야? 인정할 건 인정해야지."

"오버하지 마시지."

"그럼? 맛이 없다 이건가?"

"그보다 이 고기가 뭔지부터 말해줘야겠어."

찰리가 남은 한 점을 가리켰다.

"아, 그거…… 저기서 가져오는 거 봤잖아?"

"미안하지만 거기 있는 고기 맛이 아니었거든."

"미안하지만 분명히 거기서 가져왔거든. 내가 어디로 사라졌다가 온 것도 아니잖아?"

"그러니까 말해. 어느 부위야?"

"……!"

"야, 우리 형님이 묻잖아?"

장태가 주저하자 멜빵이 총구로 목을 들어올렸다.

"양고기!"

"이 새끼가 누굴 멍청이로 아나?"

다가온 찰리가 장태 쪼인트를 걷어찼다.

"성질 더럽게 급하군. 증명해 봐?"

"일단 레시피부터."

찰리는 녹록하게 따라오지 않았다.

"양고기에 무화과즙과 벌꿀을 넣어 살을 연하게 한 후에 양파즙을 가미해서 육질을 한 결 더 풀어놓으면 돼."

"아니!"

찰리가 고개를 저었다.

"물론 당신들 몰래 와인을 좀 넣었지."

"아니!"

"몰래 집어온 내장도 좀 다지고."

내장?

찰리의 눈독이 거기서 살짝 풀렸다.

'내장이라면……'

그럴 수 있을 지도 몰랐다.

"내 앞에서 재현해 봐. 그럼 금발을 네 밑에 눕혀주지."

"듣던 중 반가운 소리군."

장태는 태연하게 응수했다.

"패티만, 30분 주지."

"20분이면 충분해."

"10분, 감히 내 앞에서 건방을 떤 대가야."

"……!"

10분!

장태 앞에 저급한 양고기가 던져졌다. 램도 아니고 아뇨들 레도 아닌 양의 살덩어리. 찰리의 시선은 그 덩어리에 고정되어 있었다.

"아아, 좀 앉아들 주시지. 정신 사나워서 말이야."

장태가 삼형제를 보며 말했다. 누가 형제 아니랄까봐 하나가 일어서니 죄다 일어선 것이다.

"그럽시다. 난 관절도 안 좋고……"

다행히 멜빵이 먼저 자리를 잡았다. 그 뒤를 막내가 이었고, 찰리도 결국 착석을 했다.

"기왕이면 클래식 음악도 좀."

"뭐야?"

장태의 주문에 찰리가 눈을 부라렸다.

　"어쩌면 내 생애 마지막 10분이 될지도 모르잖아? 그 정도 아량도 없이 어떻게 맛을 창조하는 쉐프가 되었나?"

　"미친……."

　"라벨의 죽은 황녀를 위한 파반느로 부탁해. 그게 괜히 있어 보이더라고."

　"틀어줘라."

　장태를 쏘아보던 찰리가 청을 받아주었다.

　막내가 핸드폰을 두드리자 연주가 쏟아져 나오기 시작했다.

　"새끼… 뒈질 줄 알고 장송곡을 틀어달라고 했네요."

　느린 선율과 함께 막내가 하품을 해댔다.

　이 노래…….

　사실 엄마가 즐겨 연주하던 곡이었다. 비 오는 아침이나 멜랑콜리한 날 그랬다. 슬프면서도 기분을 차분하게 만드는 곡. 무엇보다 곡목이 마음에 들었다.

　황녀!

　얼마나 멋진 단어인가? 공주도 아니고 황녀였다. 모든 것을 마음대로 누릴 수 있는. 황녀라면 이런 위기에서도 기품을 유지해야 할 것 같았다.

　다다다닥!

　장태의 타오가 도마를 울리기 시작했다. 곡에 맞춘 느린 칼놀림. 도마소리는 어쩐지 자꾸만 나른해졌다.

"3분 남았다."

하품은 멜빵에게도 이어졌다.

3분!

장태도 그 시간을 곱씹었다. 원래 계산한 시간은 20분. 그런데 그 시간이 10분으로 줄어버렸다. 절박한 그 10분을 어떻게 벌 것인가?

5장

영웅 쉐프

그사이에 2분이 흘러갔다.

'무리였나?'

장태의 손에서 힘이 새나가고 있었다. 요리를 통한 극적 반전을 노리던 장태. 삼형제의 식욕을 읽어 정확하게 맞춰낸 계획이 있었다.

―승부수는 양상추와 아몬드.

―거기에 바나나와 키위…….

이 네 가지는 모두 잠이 잘 오게 하는 성분을 가지고 있었다. 특히 상추가 그랬다. 그렇기에 장태, 그 많은 양상추를 죄다 쏟아 부어 질 좋은 걸 고르는 척 필요한 성분을 알뜰히 추린 것이다.

락투신!

장태가 노린 성분은 그것이었다. 줄기를 자르면 흘러나오는 우윳빛 즙액…… 양상추의 줄기를 잘라내 가며 즙을 모아 스파이스에 섞어 버무렸던 것.

보조로는 아몬드와 바나나, 키위를 끼워 넣었다. 맛의 중화도 필요하지만 이들 역시 유사한 성분이 있어 상승작용을 기대할 수 있기 때문이었다.

거기에 삼형제의 식욕 오방색을 계산해 첨가한 분량. 상추액은 충분했지만 무작정 과량 투입은 곤란했다.

자칫 욕심을 부리다 쓴맛이 강해 뱉어버리면 도로아미타불이 되어버릴 일.

시간 연장은 노림수대로 두 번째 패티에 의한 궁금증 유발로 해결되나 싶었다.

그런데

살짝 꼬였다. 찰리가 삐딱선을 제대로 탄 것.

세상은 역시 계획대로만 되는 게 아니었다.

"30초!"

찰리가 최후통첩을 해왔다.

별수 없이 패티를 철판에 올렸다. 아까 그 고기와 같은 맛이 날리는 없었다. 그건 두 눈에 핏발 곤두선 찰리도 아는 눈치였다.

째각!

마지막 1초가 정점을 지나면서 찰리가 허용한 시간이 지나갔다.

'이렇게 되면……'

장태의 머리가 회전하기 시작했다. 일단 선공이 필요했다. 권총을 가진 멜빵을 제압하면 어떻게든 방법이 나올 것 같았다. 비록, 두 다리에 쇠사슬 족쇄가 있다고 해도.

'잇!'

패티를 뒤집는 척 한 손으로 타오를 잡은 장태, 그걸 멜빵에게 겨눴을 때였다.

드르룽!

멜빵의 코 고는 소리가 귓청을 때렸다.

"……!"

그제야 알았다. 막내에 이어 찰리까지 잠들어 있다는 것을. 맏형인 찰리는, 고상하게도 뜬 눈으로 잠들어 있었다. 누가 형제 아니랄까 봐 잠든 자세도 아주 비슷해 보였다.

성공!

장태의 계획이 맞아떨어진 것이다.

'후우!'

철판을 뚫을 듯한 한숨이 밀려나왔다.

'일단 족쇄부터……'

장태는 엎드린 자세로 기었다. 그런 다음 멜빵의 손에서 권총을 치우고 허리춤의 열쇠를 꺼냈다.

철컥!

시원한 쇳소리와 함께 장태는 자유의 몸이 되었다. 막내의 핸드폰을 집어 든 장태는 번호를 누르며 지하실로 향했다.

"……?"

이상했다.

핸드폰을 보았다. 몇 번을 눌러도 신호가 가지 않았다. 핸드폰이 터지지 않는 것이다.

'젠장!'

급한 마음에 지하실 안으로 들어섰다.

찌익!

놀란 쥐 떼들이 멋대로 뛰는 게 보였다. 놈들은 안나의 몸 위에도 있었다. 앞가리개 같은 걸 집어 들고 쥐를 쫓았다.

"나예요. 안나!"

"웁웁!"

장태의 목소리를 들은 안나가 꿈틀거렸다. 장태는 그녀 입의 재갈부터 벗겨냈다.

"쉐프?"

"쉬잇, 여길 나가야 해요."

장태는 안나 옆의 여자 결박도 풀어주었다. 하지만 그녀는 일어나지 못했다. 의식불명이다. 자세히 보니 깨진 머리에서 피가 나오고 있었다.

"걸치세요."

장태는 앞가리개를 걸쳐주고 안나의 손을 잡았다. 계단참까지는 좋았다. 형제들의 기척이 없었던 것.

"서둘러야 합니다."

장태는 안나 손을 잡아끌었다. 상추로 사람을 잠재운 건 처음 있는 일. 그 유효시간이 얼마나 갈지 모르는 까닭이었다.

안나 역시 장태의 마음을 알고 사력을 다했다.

하지만 장태의 운은 거기까지였다. 계단 서너 개를 올라서는 순간, 산더미 같은 소고기 덩어리가 날아들었다. 피할 곳은 없었다.

퍼억!

엄청난 충격을 받은 장태는 안나를 안은 채 지하실 바닥으로 굴러 떨어졌다. 문으로부터, 덩어리만큼이나 악몽 같은 그림자가 드리워져 왔다.

멜빵이었다.

"이런 쥐새끼 같은 놈. 그러게 형님도, 그냥 쾅 뚫어버리자니까 말을 안 듣고……."

그 뒤로 찰리와 막내도 보였다.

"그런 체위가 소원이었나 보군?"

찰리가 안나 밑에 깔린 장태를 보며 냉소를 뿜었다.

"잇!"

장태는 권총을 겨누며 일어섰다.

"우릴 쏘겠다고?"

멜빵은 겁도 없이 다가섰다.

"거기 서!"

안나 앞에서 장태가 소리쳤다.

"쏴 봐. 이 개자식아!"

멜빵이 내민 건 푸짐한 뱃살이었다.

"쉐프라기에 믿어줬더니……. 햄버거에 수면제를 탔나? 어쩐지 쌉쌀한 맛이 좀 걸렸어."

찰리가 웃었다. 그들은 권총을 겁내지 않았다. 이유는 곧 알게 되었다. 멜빵이 다가서자 장태가 방아쇠를 당긴 것이다.

철컥!

방아쇠에서 빈 바람소리가 새어 나왔다. 총알이 장전되지 않은 총이었다.

"크하하핫, 형님 보셨죠? 저 새끼 눈깔 뒤집히는 거."

멜빵은 배를 잡고 웃었다.

"이 미친 새끼. 역시 동양인이라 총에 대해 뭣도 모르는구만."

이번에는 막내가 총을 꺼내 들었다. 영화에서나 보던 것처럼 길쭉한 총신. 소음기가 달린 권총이었다.

"……!"

"옆구리 클리버 내려놔."

찰리가 말했다.

"……."

"어서!"

한 번 더 강조하는 찰리.

"쉐프……."

"미안해요. 안나!"

안나를 위로하며 타오를 내려놓았다. 경찰에 신고도 못한 상황…….

'쇤리…….'

고개를 들어보지만 쇤리는 기미가 없다.

상추즙과 쇤리.

장태가 기대한 건 두 가지였다. 그중 한 카드가 소진되었다. 나머지 카드는 쇤리. 녀석이 수신호를 눈치채지 못한 걸까? 그럴 수도 있었다. 어린 쇤리에게 너무 많은 걸 기대한 건지도 모른다.

'제기랄!'

"머리통 뚫어서 피부터 쭉 빼. 육질 탱탱하게!"

찰리의 지시가 떨어졌다. 한 번 당했으니 속전속결로 갈 모양이었다.

"그럼 빠이빠이!"

막내의 총구가 장태 이마에 서늘하게 닿았다.

"쉐프!"

퍽!

소리치는 안나에게 멜빵의 발길질이 날아갔다.

'안나!'

가엾은 그녀가 짚단처럼 넘어갈 때,

타앙!

한 발의 총성이 지하실을 흔들었다.

타앙?

이번에는 총소리가 들렸다.

"······?"

장태는 눈을 의심했다. 총이 발사되었지만, 쓰러진 건 막내였기 때문이었다.

"경찰이다. 손 머리로 올려!"

거짓말처럼 경찰이 지하실로 쏟아져 들어왔다. 그들은 순식간에 찰리네 형제들을 제압했다.

어떻게 된 걸까?

장태의 궁금증은 숀리 때문에 풀렸다. 그가 경찰 뒤에서 달려든 것이다.

"쉐프!"

"숀리!"

"죄송해요, 조금 늦었어요!"

천하일미의 요리보다 더 달콤한 말이 장태의 귀를 파고들었다.

"아니, 절대 늦지 않았어."

"쉐프!"

숀리가 장태를 또 한 번 살리는 순간이었다.

그사이에 경찰은 테이블로 향하고 있었다. 여자의 목숨이 붙어 있는 걸 확인한 경찰들이 벽 쪽에 매달린 인육덩어리를 향해 다가섰다.

"만지지 마세요. 그것도 사람입니다."

사람입니다!

그 말은 경찰들을 뒤집어놓기에 충분하고도 남았다.

"우웩!"

몇몇 경찰이 배를 쥐고 무너지는 게 보였다. 겨우 다리 힘이 돌아온 장태는 안나에게 다가가 가리개를 걸쳐 주었다.

"쉐프……."

"이제 괜찮아요. 다 끝났어요."

장태가 말하자 안나, 격한 눈물과 함께 품에 안겨왔다.

철그럭!

삼형제의 손에 수갑 채워지는 소리가 지하실에 메아리를 울렸다.

"찰리!"

삼형제가 경찰차에 오를 때였다. 장태가 맏형 이름을 불렀다. 아까와는 달리 꽁지깃 빠진 수탉 꼴이 된 찰리가 돌아보았다.

"궁금한 게 있었지?"

"……."

"당신들이 잠든 건 수면제가 아니고 상추와 다른 식재료에서 빼낸 성분이었어."

"상추?"

"그리고 두 번째 패티 레시피……."

장태의 말에 찰리가 시선을 들었다.

"그 고기 열라 궁금해했잖아?"

"……."

"이거였어."

장태는 찰리의 발밑에 시커먼 뭔가를 던져주었다.

죽은 쥐였다.

"쥐?"

"맛 끝내줬지?"

장태가 담담하게 말했다. 그러자,

"우엑!"

삼형제가 토악질을 하기 시작했다. 어쩌면 한결같이 똑같은 자세들. 그 위선 앞에 분노한 장태, 바닥에 떨어진 쥐를 집어 찰리의 입안으로 밀어 넣었다.

"처먹어. 더 먹고 싶어 했으니."

"우엑, 우에엑!"

찰리는 뱃속 깊은 곳의 똥물까지 게워내기 시작했다.

〈인육 햄버거 살인마 구속.〉

—희생자 무려 10여 명으로 파악!

—인육 햄버거 미국 전역 충격파!

—라스베이거스 지역주민 집단 멘붕!

미국 전역이 출렁거렸다. 오죽하면 대통령까지 기자회견에 나설 판이었다. 5년에 걸쳐 자행된 악마의 소행. 그중에서도 특히 주 햄버거 경연대회 전후에 집중된 납치 살인. 햄버거 대회를 수년간 휩쓴 맛의 정체가 드러나는 순간이었다.

찰리의 만행은 미국 전역을 충격의 도가니로 몰아넣었고

주 햄버거 대회는 폐지를 선언했다. 장태 역시 그 뉴스의 중심에 서 있었다.

—한인 쉐프, 라스베이거스를 구하다.

—고도의 미각으로 햄버거에 의구심.

—빛나는 용기로 도살 직전 두 여성 구출.

—노숙자 쉼터의 닥터 쉐프.

장태는 CNN에도 나왔다. 각국의 주요 통신사에도 얼굴을 비쳤다.

로이터!

신화통신!

심지어는 아랍권의 통신사들에게도 빅뉴스로 전파되어 나갔다.

장태는 원치 않았지만 사건의 무게로 보아 피할 수 없는 일이었다.

다행스러운 건 인육 패티를 선보인 건 특별한 시기였다고 보도가 된 점. 주로 경연대회와 그 전후 판매분이라는 단서가 붙으면서 찰리네 햄버거를 먹어온 사람들의 충격을 최소화시켰다. 물론, 주정부의 강력한 요청에 언론이 화답한 충격 방지책이었다.

대신 다른 곳으로 관심이 번져 나갔다. 노숙자 쉼터에서 쉐프로 일해 온 장태. 기자들은 그 이야기를 집중적으로 파고들었다.

〈21세기 요리 성자 쉐프 손!〉

〈기적의 요리로 노숙자들을 영혼까지 치유하다!〉

당연히!

로엘과 맞선 이야기, 크리스를 꺾은 이야기들도 새어 나갔다.

처음에는 용감한 쉐프, 다음에는 성자로 회자되던 장태. 이제는 막강 실력의 쉐프 요리 그 자체로 조명받기 시작했다. 제아무리 겸손하게 발뺌해도 소용이 없었다. 기자들은 그런 말에조차 살을 잔뜩 붙여 자판을 두드려댄 것이다. 기레기는 미국에도 있었다.

"내가 나서야겠군."

장태의 요청을 받은 아드리안이 전면에 나섰다. 그는 루퉁과 노숙자들을 시켜 모든 기자들의 접근을 차단시켜 버렸다. 노숙자 쉼터의 노숙자들은 경찰에 다르지 않았다. 그들이 적극적으로 외부인 접근을 막자 쉼터가 안정되기 시작했다.

겨우 숨을 돌릴 때 국제전화가 들어왔다.

장태의 엄마였다.

"엄마!"

반가웠다. 간간이 소식을 전하는 것 외에 장태를 방해하지 않는 엄마. 그녀에게도 인육 햄버거 뉴스가 도달한 모양이었다.

─다친 데는 없고?

부모답게 궁금증 영순위는 장태의 건강이었다.

"저는 멀쩡해요."

─다행이구나.

"아버지는 잘 계시죠?"

애증이 많은 아버지. 그러나 바다를 건너고 해를 건너니 애증은 닳아버린 지 오래였다.

─그래.

엄마의 대답이 낮았다.

"무슨 일 있어요?"

─그게…….

"엄마!"

─갑자기 건강이 좀 안 좋아지셨어.

"많이요?"

─아니, 뭐 아직은 그럭저럭……. 네 아버지도 나름 독하시잖니?

"하긴 그래요."

─아무튼 몸 건강히 있어라. 뉴스 보다가 심장이 잘려나가는 줄 알았어.

"걱정 마세요. 뉴스가 과장된 거니까."

─한국에는 언제 올 건데?

"엄마가 아빠랑 한 번 오세요. 엄마가 좋아하는 정통 프랑스 요리 실컷 맛보여 드릴게요."

─됐다. 네 아버지가 그럴 사람이냐? 이번에도 네 뉴스 듣고 한 말이 딱 한마디했다.

"제 놈이 사서 하는 고생인데?"

장태가 먼저 말했다.

―어머, 어떻게 알았니?

"원래 그런 분이잖아요."

장태가 웃었다. 아버지는 원래 그런 사람이다. 여전히 쉐프라는 직업에 못 마땅한 분. 다시 생각하니 마음만 알큰해 왔다.

몇 마디 안부를 더 전하고 전화를 끊었다.

그래도 좋았다. 엄마의 목소리는 불안과 흥분으로 뒤섞여 있던 장태의 마음을 차분하게 눌러주었다.

잡다한 냄새를 통제하는 스파이스, 홀리 바질처럼.

*   *   *

그날 오후 안나가 돌아왔다. 다행히 비교적 밝은 얼굴로 경찰차에서 내렸다.

"안나!"

손리와 함께 양파껍질을 벗기던 장태가 그녀를 먼저 알아보았다.

"쉐프!"

안나는 신발 한 쪽이 벗겨진 줄도 모르고 달려왔다.

"쉐프!"

그녀가 장태의 품을 파고들었다.

"괜찮아요?"

"나는 괜찮아요, 쉐프는요?"

"저야 물론!"

장태는 두 팔 가득 알통을 만들어보였다.

"조금 더 병원 치료를 받았으면 했는데 본인이 원해서 모셔 왔습니다."

설명하는 경찰은 찰리의 지하실에서 막내를 제압한 그 사람, 딘 경위였다.

"수고하셨습니다."

장태가 대표로 나서서 고마움을 표했다.

"쉐프 요리가 천국의 맛이라면서요? 기회가 되면 저도 한번 경험하고 싶군요."

"그럼 들어오세요. 제 생명의 은인이니까요."

"어이쿠, 지금 당장 말입니까?"

"보아하니 경위님은 당장 양배추라도 뜯어먹어야 할 판이고 우리 안나도 배가 고파보이네요."

"이야, 귀신이군요. 그렇잖아도 상부에 보고하러 다니다보니 배가 출출하거든요."

"홀랜다이즈가 듬뿍 올라간 새콤달콤한 거 맞죠?"

"……!"

딘 경위는 말문이 막혔다. 자신의 입안에 고인 맛의 빈 곳. 그걸 정확하게 집어낸 장태였다.

"사실 방송에 난 건 다 뻥이니까 큰 기대는 마시고요."

딘 경위의 식욕 오방색을 읽어낸 장태, 제임스에게 허름한 테이블을 권했다.

"솔직히 소금덩어리를 내밀더라도 맛있게 먹어줄 용의가 있습니다. 쉐프님이 존경스럽거든요."

"존경까지는……."

"정말입니다. 쉐프님이 아니었다면… 생각만 해도 끔찍하군요. 우리 와이프도 찰리네 햄버거 팬이라서 경연대회 시식에 참가했지 않습니까? 사건 보도 듣고 이틀 내내 토하고 정신과 상담까지 받았습니다."

"……."

"실무자로써, 진심으로 감사를 드립니다. 우리도 실종자들 조사는 해왔지만 인육 살인일 줄은 생각도 못했습니다. 그런 사건을 해결하게 해주셨으니……."

"예……."

가볍게 인사를 받은 장태는 주방 테이블로 옮겨갔다.

"도와줄 거 없어요?"

안나가 다가와 물었다,

"안나는 저기서 쉬는 게 돕는 거예요."

"전 쉐프 일을 도우면 마음이 편해지는데……."

안나의 볼이 한없이 붉어졌다. 그녀의 전매특허인 홍조. 하마터면 저 홍조를 다시 못 볼 뻔했다 생각하니 이보다 다행이 없었다.

"그럼 오늘만이라도 좀 쉬세요."

"알았어요."

안나는 마지못해 의자에 앉았다.

다닥다닥!

타오가 도마 위를 날아다녔다. 만드는 요리는 에그 베네딕트. 미국인들이 조식으로 즐겨먹는 메뉴의 하나. 허기가 깊은 두 사람을 위해 속도를 높였다.

머핀을 살짝 덥히는 동안 수란을 만들었다. 장태가 집어 든 건 모두 여섯 개의 계란. 딘 경위 것은 세 개 분량, 안나의 것은 두 개였다. 장태는 세 사람용의 수란을 완성시켰지만 하나는 따로 빼두었다.

살포시 완성된 수란은 수줍기 그지없었다.

소스는 홀랜다이즈를 택했다, 거기 요거트를 조금 가미하고 머핀 위에 베이컨 투하. 마침 친룽에게 썼던 달팽이 캐비어가 조금 남아 있어 베이컨 사이에 올렸다. 마지막으로 수란이 자리를 잡으면서 장태표 에그 베네딕트가 완성되었다.

곁들임은 그저 브로콜리를 담백하게 데친 것. 그 역시 홀랜다이즈 소스를 짝으로 냈다.

"후아!"

한 입 베어 문 딘 경위가 감탄을 자아냈다.

"믿을 수 없군요. 지금까지 먹은 것 중에서 최고입니다."

그는 연신 엄지를 세웠다.

"안나는요?"

장태의 시선이 안나에게 향했다.

"좋아요. 뱃속에 음악이 울리는 거 같은데요?"

"음악요? 그러고 보니 나도 그런 느낌이네?"

딘 역시 자기 배를 두드려 보였다.

"신기하게 양도 딱이네요. 살짝 올라오는 포만감이 행복하기 그지없는……."

간단 식사를 끝낸 제임스가 웃었다.

"저도요."

안나도 따라 웃었다.

"그게 바로 우리 쉐프의 장기라고요. 그 사람에게 딱 맞는 요리!"

설명은 숀리가 대신했다. 의기양양 팔짱까지 낀 상태였다.

"아무튼 덕분에 호강했습니다. 혼자만 잘 먹어서 왠지 마누라에게 미안하기까지 하네요."

"부인 것은 여기 있습니다."

장태, 딘의 인사에 작은 포장 하나를 내밀었다.

"쉐프!"

"이틀이나 토했다면서요? 속을 달래는 스파이스를 따로 넣어 만들었으니 먹을 만할 겁니다."

"쉐프……."

느닷없는 선물에 딘의 콧등이 시큰해졌다.

"또 뵙겠습니다."

장태는 딘을 향해 묵례를 올렸다. 딘은 잠시 멍한 표정을 짓더니 정중한 인사를 올리고 순찰차로 돌아갔다.

"고맙습니다, 쉐프!"

딘이 한 번 더 창밖을 향해 소리쳤다. 진심이 담긴 목소리는 달달한 브리오슈 빵처럼 부드럽게 들렸다.

"안나!"

안나가 돌아왔다는 소식이 퍼져나가자 여자 노숙자들이 몰려왔다. 안나는 그들 품에 안겨 위로를 받았다.

노숙자!

모든 것을 포기한 그들이지만 그렇다고 목숨까지 포기한 것은 아니었다. 그들은 누구보다 찰리의 만행에 분개하고 또 분개했다.

경찰 수사 결과가 그랬다. 희생자들 속에 노숙자가 상당수 포함되어 있었다. 무엇보다 분노스러운 건 그들이 일자리를 미끼로 삼았다는 것. 그러니까 자활 의지가 생긴 노숙자들이 희생된 것이다. 그중에는 장태의 치료식으로 몸이 좋아진 사람도 둘이나 있었다.

"이제 괜찮을 거야."

라벨라를 비롯한 여자들은 안나를 품어주었다. 가족이 없으니 이렇게라도 서로를 위로하는 사는 그들. 장태는 따뜻한 스튜를 넉넉히 돌려 정을 나누는 분위기를 북돋아주었다.

"이젠 걱정 마."

라벨라의 목소리는 듬직했다. 그녀는 아직도 악몽이 남았을 안나의 귀에 대고 또렷하게 속삭였다.

"내가 복수했어."

"복수요?"

안나가 고개를 들었다.

"찰리네 가게 불난 거, 내가 태웠거든."

"어머!"

"그런 놈은 당해도 싸. 거기 있었더라면 그놈이 바비큐가 되었을 텐데……"

라벨라의 말은 장태도 들었다. 불법이지만 후련한 쾌거였다.

쉐프!

그 이름에는 책임이 따른다. 그저 요리를 잘한다고 해서 붙는 게 아니었다. 누구든, 그 자신이 쉐프라고 자부한다면 먹는 것 앞에서는 숭고함을 느껴야 했다. 그게 장태의 신념이었다.

"그 빌어처먹을 놈이 어떻게 일을 벌인 거야?"

안나를 달래던 또 다른 노숙자가 물었다.

"알바를 구하러 갔거든요."

안나는 낮은 숨을 내쉬며 뒷말을 붙였다.

"난민출신이라는 말에서 씨익 웃을 때 알아차렸어야 했는데……. 지하실에 떨어졌을 때는 정말이지 이제 끝이구나 싶었어요."

안나의 시선이 장태에게 닿았다. 그녀는 콧날은 금세 시큰해졌다.

"깨어나니 지하실 테이블이었어요. 내가 보는 앞에서 앞서 잡아온 사람을 해체하고 있었어요. 멜빵이 말했죠. 이쁜아,

걱정 마라. 너는 안 아프게 도려내 줄 테니.”

안나는 그길로 다시 기절했다고 한다. 무의식 속에서 긴 꿈을 꾸었다. 그 꿈에 죽은 아기를 만났다.

“우리 아가가 말했어요.”

엄마, 힘내요!

천사가 올 거예요!

엄마는 죽지 않아요!

안나가 눈을 떴을 때 거기에는 진짜 천사가 와 있었다.

쉐프 장태였다.

“하지만 그때는…….”

듣고 있던 장태가 머쓱하게 뒷목을 긁었다. 안나를 발견했지만 바로 뒤통수를 얻어맞았다. 그러니까 처음 등장한 천사는 매가리 없는 천사였다.

“아뇨!”

안나는 고개를 저었다.

“나는 보았어요. 쉐프님에게서 우러나는 빛……. 저는 정말 별이 들어오는 줄 알았어요.”

별…….

장태는 달리 말하지 않았다. 극한의 공포에 시달렸을 그녀에게 장태는 별로 보일 수도 있었다.

“궁금한 게 있어요.”

안나가 장태와 시선을 맞췄다.

“말하세요.”

"제가 찰리네 햄버거 가게에 잡혀 있는 건 어떻게 아셨나요?"

"손리 때문이죠. 손리가 사온 햄버거에서 인육 냄새가 나는 거 같았어요."

"그거 말고요."

"그렇다면 신발요."

"아!"

장태의 말을 들은 안나가 현기증을 일으켰다.

"안나!"

"봐요. 역시 쉐프님은 우리 아이가 보낸 천사였어요. 그 아이가 그랬거든요. 엄마의 신발을 천사에게 보냈다고. 그러니 걱정하지 말라고."

"……?"

장태의 눈덩이가 꿈틀 경련했다.

안나는 정말 계시를 들은 걸까? 하지만 별다른 이의는 제기하지 않았다. 난민의 난파선에서부터 필사적이었던 안나. 그녀의 배 안에 들었었을 가엾은 어린 생명……. 위태로운 상황을 건너온 그녀였기에 아이와 짧지만 강렬한 교감을 나눴을 그녀였다.

"어머, 그러고 보니 아기가 안나를 살린 거네?"

라벨라는 완전하게 몰입된 얼굴이었다. 다른 노숙자들도 고개를 끄덕거렸다. 하지만 안나의 말은 다르게 나왔다.

"저를 살린 건 쉐프님이에요. 그것도 두 번씩이나!"

안나의 눈에는 진실한 고마움이 눈물로 그렁거렸다. 치료식으로 안나를 회복시킨 장태. 이번에는 진짜 목숨까지 구했다. 그러니 안나의 마음에는 한 치의 과장도 섞여 있지 않았다.

"그러고 보니 우린 행복하군. 쉐프 덕분에 삶에 미련 같은 게 생기더니 그게 희망이 되고 있잖아?"

라벨라가 말했다.

"맞아요. 처음에는 그저 맛있는 식사에 대한 기대감일 뿐이었는데 그 식사를 받아 들고 가족 생각을 하게 되었고…….가족이 그리워지면서 살아야겠다는 의지가 고개를 들었어요."

중년의 노숙자도 덩달아 목소리가 젖었다.

"그렇죠? 다 쉐프님 덕분이라니까요."

안나는 목소리는 오롯이 장태를 향했다.

"아닙니다. 실은 저도 안나 덕분에 그 위기를 넘었는걸요."

"정말요?"

되묻는 라벨라의 눈에는 궁금증이 가득했다.

"안나를 찾다가 삼형제에게 들켰잖아요. 안나를 살려야겠다는 마음에 죽을힘을 다해 궁리를 했어요. 다행히 요리로 시간을 끄는 동안 숀리가 경찰을 데려왔어요. 그때 안나가 이미 죽어 있었더라면……. 그만한 용기를 낼 수 없었을 겁니다."

"아유, 겸손도 하셔라."

라벨라는 솥뚜껑에 못지않은 손으로 장태 어깨를 때렸다.

숀리가 다가온 건 그때였다.

"쉐프!"

"어머, 손리 너 마침 잘 왔다. 이리 컴 온!"

라벨라가 손리를 불렀다.

"왜요?"

손리가 다가오자 라벨라는 다짜고짜 손리를 품었다.

"아이고, 이 귀여운 녀석. 네가 경찰을 불러서 안나를 구하고 쉐프를 도왔다며? 진짜 장하다. 장해!"

"캑캑, 이것 좀 놓고 말해요."

손리는 라벨라의 품 안에서 발버둥을 쳤다.

"하하핫!!

드럼통에 붙은 다람쥐 같은 풍경에 안나와 노숙자들은 일동 웃음을 터뜨렸다. 긴 악몽이 한층 더 씻겨나가는 순간이었다.

"쳇, 갈비 부러지는 줄 알았네."

겨우 풀려난 손리가 볼멘소리를 냈다.

"이놈아, 인류 역사상 여자 품에서 숨 막혀죽은 남자는 없어."

라벨라가 기염을 토했다.

"쳇, 아줌마가 무슨 여자예요? 그냥 아줌마지."

"뭐야? 나도 한때는 날씬한 미녀 여자였어."

"설마?"

"인증시켜 줘?"

그녀가 내민 건 날렵한 미녀의 사진이었다.

"어휴, 이건 톱스타 제이미잖아요. 누굴 속이려고."

"다시 태어나면 그 몸매로 태어나려고 그런다. 왜?"

라벨라의 넉살에 일동은 한 번 더 웃음꽃을 피워냈다.

"그런데 왜?"

웃음바다가 잔잔해질 때 장태가 손리를 돌아보았다.

"아, 내 정신……. 손님이 찾아왔어요."

"손님?"

손리를 따라 밖으로 나왔다.

"저기요!"

손리가 가리킨 곳은 공원의 입구였다. 루퉁과 노숙자들이 차를 막고 있는 게 보였다.

"쉐프를 봐야 한다고 하도 통사정을 해서요. 그냥 쫓아버릴까요?"

"나를?"

차는 낯이 익었다.

어디서 봤을까?

골똘하게 기억을 더듬던 장태, 그 차의 주인이 친룽이라는 걸 알게 되었다.

"잠깐만!"

장태는 롤스로이스 앞으로 다가갔다. 차 앞에는 흑인 여자가 보였다. 라벨라가 간직한 스타 사진 못지않은 몸매의 여자였다.

"손 쉐프!"

장태를 알아본 여자가 반색을 했다. 장태는 루퉁을 지나 그녀와 마주섰다.

"저를 만나러 왔다고요?"

"친룽 대표님이 보냈어요. 저는 비서실장 릭키예요."

여자가 손을 내밀었다.

"친룽께서 왜요?"

"잠깐만요."

그녀는 전화를 꺼내 연결을 했다. 그런 다음 장태에게 건네 주었다.

"여보세요!"

핸드폰 안에서 친룽의 목소리가 흘러나왔다.

―죄송합니다만, 한 사람을 좀 구해주셨으면 합니다.

"제가요?"

"쉐프라면 할 수 있을 겁니다. 꼭 부탁합니다!"

친룽의 목소리는 정중하고도 간곡했다.

6장

부처님도 반하는 맛, 불도장

비추얼 데이콤!

친룽의 회사는 푸른 이미지 속에 장태를 맞았다. 라스베이거스 빌딩군 사이에서도 전혀 꿀리지 않는 빌딩. 키가 낮으면서도 동양의 신비를 간직한 건물이었다.

"어서 와요."

대표실의 친룽은 장태를 반겨주었다.

"이리……."

이내 자리를 권하는 친룽. 장태는 그의 앞자리 소파에 엉덩이를 붙였다.

"뉴스 봤습니다. 정말 대단합니다."

친룽은 엄지부터 세워주었다.

"별말씀을……."

"아닙니다. 뉴스를 보고 두 번 놀랐습니다. 쉐프 손의 용기와 요리 솜씨에……."

"요리요?"

"USA 투데이 박스 기사를 봤지요. 쉐프께서 요리로 살인마들을 홀려 시간을 벌었다는……."

"아!"

"그리고 알게 되었습니다. 쉐프가 단지 시간을 번 게 아니라 마법까지 썼다는 것."

"대표님!"

"범인들 중 하나가 그런 말을 했더군요. 그 쉐프의 햄버거를 먹고 나자 갑자기 미친 듯이 잠이 쏟아졌다고."

"그건……."

"잠깐만요. 내가 좀 더 추론을 해도 되겠습니까?"

친룽은 웃음으로 말을 자르고 들어왔다.

"그러시죠."

"내가 쉐프를 알잖습니까? 사람의 몸을 읽어 요리를 만드는 쉐프……. 그렇다면 그건 갑자기가 아니라 쉐프의 의도였을 거라는 생각이 들었습니다. 맞습니까?"

"……."

장태는 잠시 침묵했다. 친룽의 의도를 모르는 까닭이었다. 그는 잘나가는 기업의 대표. 그런 그가 그게 궁금해서 장태를 부를 리는 없었다.

"쉐프, 말해보세요. 내 말이 맞나요, 틀리나요?"

친룽이 대답을 재촉했다.

"그렇게 의도한 건 맞습니다."

"오 마이 갓!"

친룽은 자기 이마를 치며 자축을 했다.

"럭키, 내 말이 맞지? 그렇다니까."

친룽의 시선이 비서실장에게 건너갔다.

"대표님……"

장태가 고개를 들었다.

"아아, 미안합니다. 내가 기쁜 마음에 그만……"

"……"

"그래서 마법이라고 말한 겁니다. 희대의 인육 살인마들조차 요리로 꿇려 버린 쉐프의 마법……"

"하지만 그건……"

"무엇보다 중요한 건 그게 통했다는 거죠. 처음에 쉐프 요리를 먹었을 때부터 들었던 생각인데 어쩌면 쉐프는 요리 이상의 요리를 만들고 있는 거 같습니다."

"과찬입니다."

"절대 아니죠. 만들레이에서 에너지 요리로 장창삥과 나에게 대박 행운을 주었고 쉼터에서의 요리도 내 빈 곳을 딱 채워주었습니다. 게다가 이제는 살인마들에게도 통하는 요리라니……"

"무슨 말씀을 하시려는 건지……"

"쉐프!"

친룽의 시선이 장태에게 꽂혀왔다. 단단하고 진지한 눈빛이었다.

"쉐프의 요리 때문에 불렀습니다."

"요리요?"

"아니, 실은 쉐프의 마음씀씀이 때문에 불렀습니다."

"……?"

"쉐프의 요리에는 마음이 담겨 있지요. 단순히 요리를 맛나게 하려는 게 아니라 먹는 사람의 마음을 다스리고 북돋아주는……. 아닙니까?"

"노력은 하고 있습니다."

"게다가 그 누구도 가리지 않고 최선을 다하는 요리……. 그게 갑부이든 노숙자이든, 돈을 내든, 안 내든……."

"……."

"쉐프!"

친룽은 별안간 장태의 손목을 덥석 잡았다.

"도와주십시오."

"대표님!"

"사업을 하는 제 사촌 형제 하나가 교활한 이복동생 때문에 깡통을 찰 위기에 처했습니다. 그를 좀 도와주십시오."

"대표님, 저는 고작 요리사……."

"고작은 아니죠. 당신은 이미 아메리카 최고의 쉐프입니다."

"그건 그저 기자들이 지어낸……."

"기자들이 아니라 내가 인정합니다."

"……."

"부탁드립니다. 사촌의 경우가 하도 딱해서 이러는 겁니다."

"하지만 요리밖에 모르는 제가 무슨 재주로 사업을……?"

"당신만이 할 수 있는 일이 있습니다."

"대표님!"

"요리!"

친룽은 장태를 바라보며 남은 말을 이었다.

"내 사촌 형제를 살리는 요리 한 접시를 부탁드립니다!"

"마실 것 좀 드릴까요?"

실장 방으로 옮긴 럭키가 장태를 보며 물었다. 친룽은 설명을 그녀에게 맡겼다.

"미녀랑 얘기하는 게 딱딱한 나보다는 나을 겁니다."

친룽은 그렇게 장태의 등을 밀었다.

럭키가 내온 건 커피였다.

"제가 이래 봬도 바리스타였거든요."

그녀가 내려놓은 커피에는 잡향이 없었다. 우수한 바리스타가 틀림없었다.

"사실 뉴스 듣고 쉐프에 대한 궁금증이 일던 차에 대표님이 그런 말씀을 하시길래 적극 나섰지요. 저도 나름 맛 좀 찾아다니는 고메이거든요."

고메이!

그럴 것도 같았다. 그녀에게서 풍기는 기품을 보니 중심이 잡힌 집안에서 자랐음이 분명했다. 그건 그녀의 식욕 오방색으로도 알 수 있었다. 오미가 활력에 넘친다. 섭취한 음식들 분포도 균형이 잡혔다. 겉모습의 몸매답게 내부의 균형도 최상급이었다.

"고맙습니다."

일단, 인사말만 날렸다. 워낙 예를 갖추고 나오니 본론을 재촉하기가 어려웠다.

잠시 자리에서 일어선 그녀가 PDA를 하나 가져왔다. 그걸 열자 굴지의 기업 하나가 화면에 떠올랐다.

"혹시 아세요?"

"론도 케미칼 아닙니까?"

"아시네요."

"……"

"이분이 회장님이십니다."

릭키가 화면을 밀자 늙은 경영자가 나타났다. 적어도 90은 되어 보이는 삶은 얼굴이었다.

"그리고 장남인 피터……"

"……"

"차남인 캐빈."

릭키가 보여준 사람은 총 세 명이었다. 거기서, 그녀는 다시 늙은 경영자 로버트를 띄워놓았다.

"쉐프가 도와줘야 할 사람입니다."

릭키의 목소리가 또렷해졌다.

"론도 케미칼의 회장님요?"

"네!"

"왜죠?"

장태가 물었다. 릭키는 빈 찻잔을 챙겨 일어섰다. 그런 다음, 잔을 창가의 쟁반에 올려두고 장태를 바라보았다.

"도둑이 들었거든요."

'도둑?'

"로버트의 장남 피터는 친롱 대표님과 사촌이에요. 우리 대표님이 미국에서 자리를 잡는데 혁혁한 도움을 주신 분이죠."

"……."

"그분은 어린 시절 중국에서 자랐지만 미국에 진출한 인도 기업인들의 아버지이기도 하세요. 한때는 월가를 주름잡기도 했고요."

"……."

"하지만 시간이 그분의 용기를 갉아먹기 시작했지요. 올해 나이가 92세거든요."

릭키의 시선이 창밖으로 향했다.

세월!

아름답지만 한편으로는 무거운 이름이기도 했다.

"아들을 셋 얻었는데 하나는 어릴 때 죽었어요. 우리 친롱 대표님과 네 명이 함께 서핑을 하다가……."

"……."

"대표님이 파도에서 건져냈지만 물을 너무 먹었죠. 그때 대표님도 물을 많이 먹어 사경을 헤맸대요. 저분이 또… 정의감이 좀 있거든요."

"그렇군요."

장태도 인정했다. 친룽의 털털한 이미지 때문이었다. 처음부터 나쁘지 않았던 사람. 소탈하다거나 털털하다는 건 악의가 없다는 방증이기도 했었다.

"론도의 로버트 회장님은 결혼을 세 번 했어요. 첫 번째 인도 부인이 장남 피터의 어머니이자 우리 대표님의 큰어머니셨는데 아들 둘을 낳았어요. 그분 또한 겐지스강 홍수 때 어린 우리 대표님을 구하려다 물에 휩쓸려 목숨을 잃었어요. 그리고 두 번째 부인은 지역 토착병으로 사망, 이어 들어온 세 번째 부인이 바로 캐빈을 낳았지요."

"……."

"그런 사연 때문에 우리 회장님께서 서핑 때 사촌 동생을 죽기 살기로 구하려 한 거예요. 홍수 때 자기를 구하고 죽은 피터의 어머니 생각 때문에……."

두서없는 말이지만 마음이 아파왔다. 물에 빠진 친룽을 구하고 죽은 피터의 어머니. 더 먼 시간 후에 그 아들을 구하려 애쓴 친룽….

"로버트는 두 아들이 성장하자 회사에 영입하고 실무를 맡겼어요. 동시에 점차 노쇠해 갔죠."

"……."

"하지만 마음속에는 적자인 장남 피터를 후계자로 점찍고 있었는데 그 또한 서핑 사고가 준 교훈이었어요. 당시 막내인 캐빈도 그 자리에 있었지만 돕지 않았거든요."

릭키는 커피를 한 모금 물고서 말을 이어갔다.

"그때 회장님은 비로소 부사장 피터의 그릇을 본 거죠. 그런데 피터가 인도 시장을 개척하는 사이에 미국 본사에 있던 배 다른 아들 캐빈이 왕자의 난을 일으켜 버렸어요."

왕자의 난!

역사나 드라마 등에서 많이 듣던 말이지만 이렇게 들으니 묘했다. 그러나 배가 다른 형제. 있을 수도 있는 일이었다.

"릭키!"

장태의 시선이 실장에게 향했다. 애틋한 사연이지만 지금까지의 설명으로는 장태가 끼어들 여지가 없어 보였다.

"알아요. 대기업의 경영 전쟁에 쉐프가 뭘 할 수 있겠냐. 그런 생각이시죠?"

"예!"

"조금만 더 진도 나갈게요. 아무튼 장남이 인도시장을 개척하는 사이에 차남이 미국 본사 경영권을 유리하게 만들어버린 거죠. 불행하게도 아버지인 로버트는 건강이 좋지 않아 잠시 공백기를 가지고 있던 차예요."

"……."

"그리고 어쩌면 영원한 공백기를 가지게 될 지경이 되어 버렸어요."

"……."

"인도에서 돌아온 피터는 경악했지요. 그사이에 로버트가 거의 폐인이 되어버렸거든요. 의식은 있지만 말은 더듬더듬 오락가락… 식사도 영양수액 외에는 무엇도 입에 대지 못하는……."

"……."

"그래서 피터는 아버지의 정신이 맑아지기를 고대하고 있어요. 아주 잠시라도……."

"릭키!"

"병원 의사들은 해내지 못했어요."

"……!"

"당신, 우리 친룽 대표님에게 마법을 부렸다면서요? 아침에 먹은 요리의 힘이 몇 시간 후에 발휘되도록."

"그건……."

"친룽 대표님은 그걸 기대하고 있습니다."

"……?"

"그 마법이 로버트에게도 일어나기를!"

"릭키……."

"당신은 할 수 있을 거예요."

릭키의 입술은 더 없이 단호해 보였다.

"그러니까 친룽 대표의 생각은 피터라는 사람이 미국에 없는 동안 차남이 그 아버지에게 술수를 썼다는 뜻이로군요?"

"어쩌면 그의 어머니가 했는지도 모르죠."

"어머니?"

"그분이 로버트를 돌보고 있거든요. 캐빈의 친어머니기도 하고 캐빈을 지지하는 의결권자의 한 명이기도 하죠."

"증거가 있나요?"

"이사회 측에 로버트가 캐빈의 경영 승계를 지지했다고 밝힌 건 그 여자였어요. 로버트가 한순간 말을 제대로 할 수 있게 되자 자기에게 말했다는 거죠. 캐빈 쪽 지지자들은 부부 사이의 일이니 신뢰해야 한다고 하지만……."

"조작일 수 있다는 얘기로군요?"

"그보다는 이게 더 중요할 거예요."

"……?"

"피터 부사장님을 저도 만나보았는데 이렇게 말씀하시더군요. 아버지가 저렇게 된 마당에 경영권 같은 건 상관없다. 다만, 회사를 살리려면 만인 앞에서의 공표가 필요하다. 그래야 누가 승계자가 되든 잡음이 일어나지 않는다……."

공신력!

장남이 바라는 건 그것인 모양이었다. 사욕보다 아버지의 회사, 그걸 살리려는 갸륵함이 엿보였다.

"도와주실 거죠?

럭키가 장태를 바라보았다. 자기 부모의 일을 청하는 것처럼 진지했다. 친룽 전해진 피터의 마음. 그리하여 장태에게 도달한 그 마음.

거기에 더해 친룽의 인품…….

"한번 해보죠!"

고민하던 장태의 대답이 떨어졌다.

그러자 사무실의 옆문이 저절로 열렸다. 거기서 나온 사람
은 친룽과 피터였다.

"제가 피터입니다. 수락해 줘서 고맙습니다."

피터!

이제 보니 옆방에서 듣고 있었던 모양이다. 장태는 그가 내
미는 손을 잡았다. 친룽 못지않게 따뜻해 보이는 사람이었다.

릭키와 피터의 차는 시내를 관통해 나란히 달렸다. 처음에
는 북쪽 캐년으로 가나 했지만 오래지 않아 속도를 낮췄다.
차가 멈춘 곳은 엘라라 그랜드 호텔 뒤편에 자리한 첨단 건물
이었다. 피터의 회사인 모양이었다.

"모시도록!"

현관에 내린 피터의 지시가 떨어졌다. 굳은 표정의 직원들
은 일사불란하게 장태를 안내했다.

"행운을 빌어요."

차에 남은 릭키가 손을 들어 보였다.

"여깁니다."

직원들이 멈춘 곳은 꼭대기 층이었다. 문이 열리자 넓은 집
무실이 고스란히 드러났다.

"아버님은?"

장남이 직원을 돌아보았다. 그러자 옆문이 열리며 휠체어가

눈에 들어왔다.

"……?"

장태는 내쉬던·숨소리를 멈췄다. 릭키가 보여준 그 사람이었다.

론도 케미칼의 창시자 로버트 회장……!

그가 노란색 영양수액을 꽂은 휠체어에 앉은 채 들어섰다.

*   *   *

"제 아버님이십니다."

피터의 소개에 이어 장태가 가벼운 목 인사를 건넸다.

누구?

로버트가 쾡한 시선이 들었다.

"제 친구입니다."

"……."

"아버님께 지상 최고의 식사를 안겨줄 최고의 쉐프이기도 하고요."

"……."

로버트의 입술이 옴짝거렸지만 새어 나온 건 헛바람.

"필요한 게 있으면 여쭤보시죠."

장남의 시선이 장태에게 옮겨갔다.

로버트 회장…….

장태의 식욕 스캔은 이미 그의 오방색을 디테일하게 더듬고 있었다.

"회장님!"

장태는 천천히 로버트와 눈높이를 맞췄다.

"으응?"

신음처럼 늘어지는 한마디가 새어 나왔다.

"뭐가 드시고 싶으세요?"

장태의 마법주문이 날아갔다.

"응?"

그의 몸에서 오방색이 보이기 시작했다. 마치 슬럼가에 얽히고설킨 전선과도 같았다. 신분과는 달리 온몸에 아른거리는 오미의 색깔은 초라하고도 남루했다.

황〉백〉흑〉청〉적색!

적〉청〉황〉흑〉백색!

흑〉황〉적〉백〉청색!

그사이에도 오방색은 멋대로 헝클어지고 막혔다. 너무 심해 제대로 꼬인 실을 보는 것 같았다. 모든 것이 꼬이고 얽힌 상태……

─나는 단맛이 필요해.

─신맛이 필요해.

그 어떤 속삭임도 들려오지 않았다. 그야말로 완전히, 완전히 생기를 잃고 죽어버린 오방색의 전형이었다.

테마는…….

'회한(悔恨)…….'

뜻대로 되지 않는 몸과 건강.

거기에 더한 혼란의 파편들… 그게 지속되면서 식욕 게이지를 망가뜨렸다. 일이 거기에 이르자 오방색 조화가 풀린 것이다.

오방색의 부조화.

의사들의 처방은 영양수액이었다. 그로 인해 목숨은 유지되지만 오방색은 더욱 바닥으로 내려갔다. 그러다 보니 오장육부가 시들어 정신이 왔다 갔다 하는 형국까지 다다른 것이다.

불통!

장태가 만난 테마는 그것이었다. 의욕을 가졌지만 최악의 상황. 이쯤 되면 장태도 장담할 수 없는 일이었다.

"여기다 넣어두면 천천히 먹을게."

한참 후에 나온 회장의 대답…….

"아니면 여기다 빨대를 꽂아줘."

링거를 거듭 바라보는 회장의 말은 심상치 않았다.

쓸 만한 답이 나오지 않자 피터가 직원에게 눈짓을 했다.

데리고 나가!

직원은 회장의 휠체어를 밀고 옆문으로 퇴장했다.

"쉐프……."

"……."

"안 될까요?"

"시간이 필요합니다."

"얼마나요?"

"적어도 3일은."

"……!"

3일, 그 단어를 들은 피터의 이마에 가파른 절망이 스쳐 갔다.

"죄송하지만 내가 가진 시간은 4시간뿐입니다."

"예?"

"4시간 후에 이사회가 소집됩니다. 거기서 이사들에게 아버지의 의지를 보여주지 않으면 모든 의결이 캐빈의 뜻대로 될 겁니다."

아뿔싸!

피터는 요리를 모르고 있었다. 그저 요청만 하면 뚝딱 명품 요리가 나오는 걸로 아는 눈치였다.

"사장님, 요리라는 건……."

"부탁드립니다. 쉐프!"

피터가 장태의 손을 잡았다.

"하지만 4시간으로는……."

"죄송합니다. 애석하게도 내가 쉐프를 너무 늦게 알았습니다. 어떻게든 부탁합니다."

"……."

"3분… 딱 3분이면 됩니다. 아버지의 막힌 입을 열어주세요. 딱 3분. 누구 편을 들든 상관없습니다. 아버지가 당신의 의지로 뜻을 밝혀주셔야만 우리 론도가 흔들리지 않습니다.

그래야 그 경영권 승계가 정당성을 갖게 됩니다."

"기대가 너무 큽니다. 나는 요리사지 신이 아닙니다."

"압니다만 지금의 나에게 당신은, 신보다 더 간절한 존재입니다."

피터의 목소리는 더없이 진지했다.

"사장님!"

"아버님의 입을 열게만 해주시면 제가 가진 론도 주식을 다 드리겠습니다. 부탁합니다."

다?

"그럼 당신은 뭘 얻게 되나요?"

장태가 물었다.

그렇게 되면 피터는 아무런 이득도 없었다. 주식을 장태에게 주면 아무것도 아니게 되니까.

"아버지의 회사를 지키게 되지요."

"회사?"

"이대로 경영 승계가 되면 회사는 혼란에 빠질 게 뻔합니다. 아버지를 따르던 이사진들과 동생과 어머니를 미는 이사진, 나아가 저를 기대하던 이사진……."

삼파전!

맙소사!

그건 정말 질퍽한 아비규환의 한 장면이 될 가능성이 농후했다. 자신의 모든 것을 내려놓을지언정 아버지가 만든 회사를 살리고픈 이 남자.

어쩐지 신뢰가 갔다.

"쉐프 손!"

피터의 손이 다시 한 번 장태 손을 잡았다.

"손 놓으시죠."

"쉐프……."

"마음은 접수하죠. 하지만 시간이 고작 4시간이라면서요? 먹어서 에너지가 되고, 그게 몸을 움직이려면 지금 당장 시작해도 늦어요."

피터의 손을 밀어낸 장태, 어느새 소매를 걷어붙이고 있었다.

"이쪽으로!"

장태가 안내 받은 곳은 회사빌딩 최상층의 직원식당이었다. 피터의 지시를 받은 주방장이 나와 장태를 맞아주었다.

"여깁니다. 임원들 특식을 할 때 주로 쓰는 주방인데 필요한 건 뭐든 말씀만 하십시오. 만사를 제치고 도우라는 지시가 떨어졌습니다."

VIP 주방을 소개하는 50대의 주방장, 인상이 푸근해 보였다.

"본 주방은 어디 있나요?"

장태가 물었다.

"저 문으로 나가면……."

"좀 봐도 될까요?"

"물론이죠."

주방장의 수락이 떨어지기 무섭게 발길을 옮겼다. 직원식당의 주방은 비교적 조용했다. 전투 시간대인 점심식사가 끝난 것이다.

장태는 육수부터 점검했다. 송아지 곰국이 뭉긋하게 끓고 있었다.

"회장님께선 힌두교인가요?"

"아닙니다. 아버지는 무교십니다."

피터와의 대화를 떠올렸다.

그나마 장태에게 위로가 되는 일이었다. 시간은 제한되지만 재료는 제한되지 않아도 되는 것이다.

"……"

일단 맛부터 보았다. 아직 충분히 끓지 않아 깊은 맛은 약하지만 잡내는 없었다. 주방장의 기본기가 튼실하다는 방증이었다.

"식재료도 좀 보여주시죠."

"식재료는 여기에……"

주방장이 냉장실을 열었다. 안에 남은 물건은 그리 많지 않았다.

"재료를 그날그날 받아써서요. 내일 쓸 물건의 일부는 곧 도착할 겁니다만."

"거래처 물건은 믿을 만한가요?"

"그럼요. 단가대비 쓸 만한 것들을 가져옵니다. 식재료상 하는 친구가 눈썰미가 있거든요."

"혹시 건어물도 취급하나요?"

"돈만 주면 좀비 말린 것까지도 구해올 겁니다."

주방장이 웃었다.

"그럼 좀 부탁합니다. 샥스핀하고 건해삼, 건전복 등도요."

"소건품, 자건품, 연건품 중에 어떤 걸 말입니까?"

"뭐든 최상급으로 다양하게 부탁합니다. 그리고 저 육수, 송아지 골을 썼나요?"

"예, 넉넉히 넣었죠."

"골의 젤라틴 부위를 제가 좀 골라 쓰겠습니다."

"아직 다 풀어지지 않았을 텐데……."

"제가 마무리하겠습니다."

"그렇게 하시죠."

"그런데 이 재료로 뭘 하시려는 건지?"

주방장이 고개를 들었다.

"불도장 재료입니다!"

"……?"

주방장, 그도 그 요리를 아는지 기가 막히다는 표정을 지었다.

불도장!

동양의 요리다.

한국과 중국, 일본 등지에서 고급 요리에 속하는 불도장.

항아리 째로 쪄 내는 이 요리는 수행하는 스님들조차 냄새에 환장을 한다는 일화까지 있는 요리였다. 그만한 매력이 있는 요리니 시도함직 해 보였다.

그러나 불도장은 인스턴트 식품이 아니었다.

온갖 육류와 해물을 넣고 몇 날 며칠 은근하게 우리고 삶아야만 제 맛이 나는 법. 그런데 고작 4시간 정도의 시간으로 불도장이라니?

"20분 내로 부탁합니다."

"이봐요. 손 쉐프⋯⋯."

"가능하면 더 빨리!"

말꼬리를 댕강 잘라 버린 장태, 그길로 육수를 챙겼다. 그런 다음 각종 향신료를 쓸어 담고 생닭을 집어 들었다. 가장 어린 영계였다.

화력 ON.

오븐 ON.

불판 ON.

단숨에 모든 조리기구의 잠을 깨운 장태, 제일 먼저 곰국 육수에서 건져 온 송아지 골 덩어리를 냄비에 넣고 불판에 올렸다.

이어 닭을 정갈히 씻어 미지근한 물에 담그고는 물을 계속 흘려 피와 잡내를 씻어냈다.

다음으로 한 일은 전화를 기다리는 일.

딩디리링!

오래지 않아 전화가 왔다. 손리였다.

"쉐프!"

손리는 식당 직원의 안내를 받아 특실 주방에 들어섰다.

"타오는?"

"여기요. 다른 칼도 함께."

"그건 네가 맡아라."

"여기서 요리를 하려고요?"

"그렇게 됐다. 보조 좀 부탁해."

"예, 쉐프!"

손리는 턱을 바짝 당겨 세우며 지시를 받들었다.

타오가 출격했다. 닭을 건져 지방을 제거했다. 닭뼈의 핏물과 지방을 완전하게 제거하는 것. 최상급 불도장의 시작은 거기에 있었다.

두 번째 전 처리는 오븐에 한 번 굽는 것.

이어 끓는 물에 닭 투하!

잡내 제거는 올스파이스와 타임, 통 흑후추에게 맡겼다. 한국이라면 된장이라도 한 수저 더하면 좋겠지만 이놈들로도 문제는 없었다.

한소끔 끓어오르자 찬물에 건져 남은 이물질을 제거했다. 이어 은근하게 온도가 오른 냄비에 대파와 양파, 생강을 입수시켰다.

"급하면 불 더 올릴까요?"

장태를 지켜보던 손리가 물었다.

"오, NO. 그 녀석은 아기 다루듯 은근하게 우려내야 하거든."

그 사이에 재료가 도착했다. 식재료상이 쏟아놓은 건어물은 많고도 많았다.

"깨끗이 씻어서 온수에 투하해 둬."

장태 손을 거친 건오징어와 건홍합 등이 손리에게 날아갔다. 건오징어와 건홍합 등은 맛 성분덩어리다. 따끈한 물에 담가 두었다가 간을 하면 깊은 풍미를 얻을 수 있었다.

장태의 손은 모터처럼 빠르게 돌았다. 손리가 말하던 여섯 팔 칼리 여신이 거기 있었다.

건어물들은 일부 분말로 갈리고, 일부는 물에서 불렸다.

불린 다음에는 천천히 익혀냈다.

그중에서도 가장 좋은 부위 한 점만 선택. 그건 예외가 없었다. 단 1인분을 위한 불도장이기 때문이었다.

─1시간 경과!

닭 육수를 돌아보았다.

보글보글!

소리 없이 끓는 소리가 들렸다.

그 옆으로 각종 건어물 육수들이 모여들었다. 맛을 우려낸 건오징어와 건홍합, 건문어와 북어 등의 육수들.

이제는 다른 재료들도 투하될 면모를 갖추고 있었다.

샥스핀과 오리고기, 나아가 벌꿀을 묻혀 뭉긋하게 삶아낸 건전복과 건해삼, 건어물 껍질과 생선의 부레, 송로버섯과 죽순, 은행, 연근 등이 오색으로 반짝거렸다.

'쉐프······.'

지켜보는 손리의 마음은 달아오른 오븐보다 더 뜨겁게 타 들어갔다.

3시간 40분!

처음 손리가 왔을 때 남은 시간이었다. 이제는 고작 2시간 30분이 남았다.

그런데!

사실 2시간 30분이면 장태가 천하 일품요리도 해낼 수 있는 시간이었다. 문제는 요리 시간만이 아니었다.

그 요리가 뱃속으로 들어가 효과를 내는 시간.

인체에는 소화라는 시간이 필요한 까닭이었다. 제 아무리 소화가 잘되는 음식이라도 최소 30분에서 2시간이 걸리는 것이다.

30분으로 잡아도 2시간밖에 없는 셈.

장태는 시계를 보지 않았다. 그가 집중하는 건 오직 후각이었다.

요리에는 왕도가 없다.

어떤 것들은 쉐프의 능력에 따라 시간을 당길 수 있지만, 또 어떤 것들은 오직 시간만이 맛을 완성시켜 주었다.

'흐음!'

20분이 더 흐르고 나서야 장태의 코가 반응을 했다.

송아지 곰국을 만난 건 다행이었다. 영계도 마찬가지. 그나마 시간을 당길 수 있는 조건이 되었다.

'오케이!'

흐음,

깊은 냄새를 맡은 장태, 마침내 송아지 골 덩어리가 들어간 뚜껑을 열었다. 이어 닭뼈 육수도 열었다. 최상의 맛은 아니지만 다른 수단이 있었다. 바로 건어물로 우려낸 막강 육수들이었다.

정갈하게 체에 걸러 간을 한 후에 정성껏 배합을 시작했다.

첫 번째 비율은 환상적인 맛이었다. 정통 불도장 맛에 가까웠다. 하지만 장태가 원하는 건 그게 아니었다.

쏟아버리고 다시 시작.

그러나 두 번째도 실패였다. 목표치를 살짝 빗나간 것이다.

세 번째······.

아메리칸이 선호하는 스파이스로 미각 유혹.

'왔어!'

맛을 보던 장태의 눈이 번쩍 뜨였다. 마지막으로 첨가한 황색 산미와 붉은색 산미 두 개의 스파이스. 이거라면 회장의 잠든 미각에 짜릿한 키스를 보낼 수 있을 것 같았다.

─불도장의 중심은 황색.

─단기 효과는 붉은색 강조.

황색은 오방색의 중재자고 붉은색은 인체 상부에 주로 작용하니 말문을 트는 계산으로 맞춘 것이다.

'좋았어!'

테스트를 끝낸 장태는 육수를 한 번 더 끓였다. 빈틈없는 조화를 이루기 위한 마지막 과정이었다.

후우!

최후의 격전을 위해 숨을 돌린 장태, 준비한 재료들을 들고 1인분용 작은 항아리를 바라보았다.

"이제 끝이에요?"

숨죽이던 쏜리가 물었다.

"여기까지는!"

"와아!"

"마지막으로 4시간 정도 증기로 찜을 해야 해!"

"……?"

반색하던 쏜리의 입술은 그 자리에서 굳어버렸다.

어린 쏜리는 귀를 의심했다. 쉐프에게 주어진 시간은 총 4시간.

그중에서 이미 절반 가까이 써버렸는데 4시간이라니.

4시간?

*   *   *

"쉐프!"

"이제부터 시간을 당겨야 해."

"하지만……."

쏜리의 눈이 벽시계를 향해 옮겨갔다.

"네 생각은 어때?"

"그럼 그냥 팍팍 끓여 버리는 게……."

"그럼 맛을 버려."

"쉐프……."

"한 번 더 생각해 봐. 너도 머리는 좀 되잖아?"

"몰라요. 10분 20분도 아니고 두 시간을 어떻게 벌어요?"

"되게 해야지."

걸음을 옮긴 장태가 창가 쪽으로 다가섰다. 그런 다음 작은 기계 하나를 집어 들었다. 분쇄기였다.

"이놈으로!"

숀리가 어리둥절하는 사이, 장태는 송아지 연골을 합친 재료를 분쇄기 안에 집어넣었다. 그 역시 스파이스처럼 황색과 붉은색 맛이 강조된 구성이었다.

가르륵!

분쇄기가 주방의 침묵을 깨뜨렸다.

"어떻게 하려고요?"

숀리의 목소리에는 초조함이 가득 깃들었다.

"불도장 말이야, 어차피 몇 시간으로는 제대로 만들 수는 없어."

거친 덩어리로 갈아낸 내용물을 작은 항아리에 쏟으며 장태가 뒷말을 이었다.

"하지만 요즘은 퓨전이 대세잖아? 우리라고 퓨전 못 만들라는 법은 없지. 게다가 이건 모양이 아니라 효과가 중요하잖아. 안 그래?"

장태가 웃었다. 숀리는 한 박자 늦게 따라 웃었다. 덩어리를 잘게 썰어버린 장태. 그렇다면 증기로 맛을 우려내는 시간이 줄어들 게 분명했다.

2시간 경과!

'Pie in the Sky!'

첫 단계의 준비를 마친 장태는 영어 격언을 하나 떠올렸다. 원래 인생이란 시작이 반이다. 다만 오늘은 전혀 아니었다. 비록 변칙적이지만 맞춤형 불도장이 되기를 기대하는 요리. 문제는 먹어줄 사람이었다.

식욕!

인간의 원초적 욕망의 하나인 그것.

그러나 그 샘물이 바닥을 드러낸 로버트 회장.

과연,

어떻게 마른 미각의 샘물에 물길을 틀 것인가?

보통 사람이라면 신맛에 짠맛을 살짝 곁들여 자극하면 그리 어려울 일이 아니었다. 대다수의 전채가 맡은 역할이 바로 그것이다.

침샘 자극!

그리하여 잠자는 위장에 신호를 보내 문을 여는 것이다.

장태는 신맛과 쓴맛이 살짝 배인 과일과 채소를 골랐다. 거기에 더한 건 레몬소금이었다. 레퍼토리는 나쁘지 않았다.

'로버트 회장……'

거듭 거듭 그의 식욕을 복기했다. 끝 간 데 없이 퇴색한 그의 오방색. 바닥난 미각 통로가 쉽게 열릴까? 고개를 저었다. 그렇게 쉬울 거라면 피터가 부탁하지도 않았을 일이다.

그렇다면……

한 가지 악조건이 더해졌다.

충분!

그 단어였다. 미각을 건드리는 전채는 의식불명의 미각이 경천동지할 정도로 충분할 것. 시간과 양 두 가지 측면에서 모두…….

등골이 오싹해 왔다. 난관 위의 난관. 생각할수록 불가능에 가까워지는 것이다.

불가능!

그 단어에 샘과 이사벨이 겹쳐왔다.

지금은 천사가 되어 천국의 아내를 만났을 샘 할아버지.

그리고 지구의 천사로 돌아온 이사벨…….

그들 역시 처음에는 거의 불가능이었다.

골똘하던 시선이 숀리에게 닿았다. 숀리는 여벌로 끓이던 건어물의 해감을 떠내는데 열중하고 있었다. 도구는 접시였다. 국자가 장태 쪽에 있으니 방해하지 않으려 접시를 잡은 모양이었다.

접시!

위태로워 보였다.

자칫하면 손을 데고, 엎을 수도 있는 접시…….

아니나 다를까? 조금 많은 분량을 떠낸 숀리, 접시가 개수구 모서리에 부딪치자 물이 넘쳐 소매에 묻고 말았다.

"앗, 뜨거!"

손리가 접시를 놓으며 펄쩍 뛰었다. 손리의 소매에서 뜨거운 김이 모락거렸다. 다행히 손목을 데이지는 않은 것 같았다.

옷에 나는 김…….

김…….

영감이 왔다.

장태의 손은 보이지 않을 정도로 빠르게 움직였다. 팔이 여섯 개 달린 인도의 칼리 여신보다도 빠른 동작이었다.

"손 쉐프!"

1시간 남짓 남은 시간, 장남 피터가 뛰어들었다.

"어떻게 되는 겁니까?"

그가 물었지만 장태의 시선은 찜통에서 떨어지지 않았다.

"아직 아닙니까?"

피터의 목소리에서 힘이 쭉 빠져나갔다.

"아직은……."

"아직이라뇨? 이제 한 시간 정도밖에 안 남았습니다. 먹자마자 효과가 나는 것도 아니라면서요?"

"예!"

"그런데……."

피터의 눈이 또 시계로 옮겨갔다.

"그래도 기다리셔야 합니다. 꽃을 부채질로 피울 수는 없듯이……."

"……."

"손리, 부사장님께 의자를 가져다 드려라."

"됐습니다."

피터가 장태의 말을 막았다.

"서두른 건 내 잘못입니다만 안타깝군요. 잘 진행되지 않으면 전갈이라도 해주셔야지……."

피터의 눈가에 체념이 스쳐 갔다.

"……."

"아무튼 끝까지 애써주셔서 고맙습니다."

"부사장님!"

피터가 돌아서려할 때 장태가 돌아보았다.

"예?"

"이제 된 것 같습니다."

"……?"

장태의 손이 찜통으로 옮겨갔다. 뚜껑을 열자 뜨거운 증기가 밀려나왔다. 장태는, 장갑을 끼고 아담한 항아리를 꺼내놓았다.

"쉐프……."

피터의 표정이 환하게 밝아졌다.

"아직 웃을 때는 아닙니다."

"예?"

"결과는 나왔지만 과정이 남아 있거든요."

"하지만 요리가 나왔다면……."

"이번 요리는 결과 못지않게 과정이 중요한 테이블 같습니다만."

"......!"

진지한 장태의 표정. 그걸 본 후에야 피터는 알았다. 아버지의 식욕이 완전히 바닥이라는 걸. 산해진미도 거절하던 아버지였으니 장태의 말도 과장은 아니었다.

"끝까지 부탁드립니다!"

그제야 피터, 공손히 목례로 수고를 청해왔다.

"가자!"

장태가 숀리를 바라보았다. 미리 지시를 받은 숀리는 간이 테이블을 붙인 카터를 밀며 장태 뒤를 따랐다.

'쉐프……'

머리에는 불안을 가득 끌어안은 채.

회장은 귀빈실에 있었다. 여전히 휠체어에 앉은 채였다. 하지만 혼자가 아니었다.

"형님!"

입구를 막아선 차남 캐빈, 바로 거친 각을 세웠다.

"말했잖아? 아버님 특별식 한 번 해드리고 싶다고."

피터가 응수했다.

"저게 특별식이라는 겁니까?"

캐빈의 시선이 항아리에 닿았다.

"보기에는 저래도……."

"미치겠군. 형님, 지금 몸 불편하신 아버님 앞에서 장난하는 겁니까?"

"장난이라니?"

"아니면요? 괜찮은 쉐프가 있다더니……."

캐빈의 시선이 장태를 훑고 다녔다. 눈치를 보니 뉴스에서 장태를 본 모양이었다.

"아무튼 좀 비켜줬으면 좋겠어."

"미안하지만 속에 뭐가 들었는지 확인해야겠습니다."

"캐빈!"

"햄버거 뉴스 전에는 이름도 듣지 못한 요리사입니다."

"……!"

두 형제의 눈빛이 각을 세울 때, 장태가 불도장 항아리의 뚜껑을 열었다.

"……?"

냄새를 맡은 캐빈이 미간을 구겨 모았다.

불도장!

특별한 냄새가 아니었다. 그저 따끈하고 푸근한 김이 모락모락 오르고 있을 뿐.

"설마 맛도 보겠다는 건 아니겠지?"

피터가 다그치자,

"딱하시군요. 척 봐도 내가 맛볼 정도의 요리는 아닌 거 같군요. 회의 시간에는 늦지 마십시오. 이사님들 중에 국제 계약이 있어 바로 가야 할 분들이 계시니."

캐빈은 잘라 말하고 회의장 쪽으로 걸어갔다. 잔머리 굴리지 말라는 통보와 다름없었다.

"미안합니다. 쉐프, 부탁합니다!"

피터의 손이 귀빈실을 가리켰다.

똑똑!

두 번의 노크를 한 후에 장태가 들어섰다.

"회장님!"

로버트가 감은 눈을 떴다.

"의사 선생?"

"아닙니다. 쉐프입니다."

"아, 내가 연구실에 와 있는 걸 깜빡했군. 미카엘 박사는 어디 있지?"

로버트의 정신줄은 여전히 오락가락, 한곳에 머물지 않았다.

"장남 피터께서 제게 요리를 청하셨습니다. 곧 이사회가 열릴 것이니 이걸 좀……."

장태는 국물이 출렁거리는 접시를 내밀었다.

"약은 싫어!"

우두커니 접시를 바라보던 회장, 손으로 접시를 쳐 버렸다.

쨍강!

접시는 로버트의 손과 가슴, 무릎을 차례로 거치더니 바닥으로 떨어지며 박살이 나버렸다.

'으악!'

옆에 있던 손리는 비명이 나오는 걸 간신히 참았다. 입맛을 돋구어 미각을 열려던 장태의 시도가 개박살 나는 순간이었다.

"쉐프……."

손리는 말을 잇지 못한 채 부들부들 떨었다.

그런데!

장태에게는 별다른 동요가 엿보이지 않았다. 더구나 회장의 손과 옷에 흥건하게 묻은 국물조차 서둘러 닦아주려는 기색이 아니었다. 평소와는 아주 다른 장태. 그가 거기 있었다.

"이거……."

로버트는 손에 끈끈하게 묻은 즙이 불쾌했다.

안 닦아?

그의 눈이 물었지만 장태는 돌부처와 같았다. 하지만 내면은 달랐다. 실은 그 마음 안에도 격정이 몰아치는 것이다.

'제발…….'

―제발…….

―그 손을…….

―당신의 입으로…….

장태…….

노린 게 바로 이거였다.

식욕을 잃어버린 회장 입안의 침샘 꼭지를 여는 것. 급한 마음 같아서는 강제로 입을 벌리고 한 컵 쏴서 넣으면 그만. 하지만 그런 폭력적인 만행은 있을 수 없는 일이었다.

그렇기에 처음부터 차선책을 노렸다. 종지가 아니라 접시에 국물을 담은 이유도 그래서였다. 엎어버린 후에, 증발하면서 냄새를 피우는 것.

나아가…….

회장 스스로 그 맛을 보게 하는 것.

그렇기에 장태, 국물에 끈끈함을 더해놓았다. 미각은 자발적인 것. 산해진미라고 해도 강제로 쑤셔넣으면 맛이 날 리 없었다. 그러니 이것, 장태의 치밀한 승부수였다.

10분 경과!

"……!"

손을 만지작거리던 장태에게 반지가 느껴졌다. 샘이 주고 간 반지.

'행운을 줄 걸세.'

행운!

그럼 지금이 그때야.

장태는 반지를 간절하게 바라보았다.

그러자,

반지가 마법이라도 부린 듯 놀라운 일이 벌어졌다. 그때까지 장태를 쏘아보던 회장의 손이 천천히 움직이기 시작한 것이다. 회장은 끈끈한 손을 꼼지락거리더니 입으로 가져갔다. 그리고 빨았다.

쪽!

본능작렬!

장태는 얼어붙었던 세포가 확 녹아버리는 것 같았다. 사람은 많은 본능을 가지고 있다. 그 중에는 손가락을 빠는 것도 속했다.

뭔가가 끈끈하면 옷에 스윽 닦게 되고, 그다음에는 빨게 되는 것이다. 그 찜찜함을 침으로 닦아내기 위해.

"……!"

손가락을 빤 로버트, 눈덩이가 확 구겨져 버렸다. 신맛과 짠맛을 제대로 느낀 표정이었다.

꼴깍!

한 타임 늦게 침 넘어가는 소리도 들렸다.

"손리!"

순간, 장태의 입이 장중하게 열렸다. 단 한마디였지만 확신에 찬 목소리였다.

"예, 쉐프!"

손리는 즉시 화답했다. 카터를 로버트 앞에다 고정시키고 일회용 식판 매트를 깔아 임시 테이블을 연출한 것이다.

"회장님!"

항아리를 살짝 흔들어 냄새를 깨운 장태, 마침내 그 뚜껑을 열었다. 그런 다음 그 자리에서 투박한 작은 그릇에 옮겨냈다.

모락!

장태표 불도장이 참았던 김을 피워 올리자 회장의 코가 반응하기 시작했다.

"장남께서 부탁하신 동양의 요리 불도장입니다. 드시면 기분이 좋아지실 테니 드셔보시죠."

간이 식탁에 불도장을 올려놓은 장태. 담담하게 회장을 주시했다.

"......"

회장의 눈이 불도장으로 향했다.

꼴깍!

침이 넘어갔다.

그건 숀리의 것이었다.

꼴깍!

한 번 더 넘어갔다.

이번에는 로버트 회장의 것이었다.

"이걸 먹으라고?"

로버트의 손이 마침내, 스푼을 집어 들었다.

"예!"

장태가 대답했다.

쉐프!

들뜬 숀리의 목소리가 새어 나왔다.

쉬잇!

장태가 눈으로 제지했다.

스푼은 기대처럼 움직이지 않았다. 한 스푼 가득 뜬 게 아니라 그저 한 번 담갔다가 꺼낸 것. 회장은 스푼을 당겨 냄새를 맡았다.

그사이에 불도장이 스푼의 아랫면을 타고 흘러내렸다. 그게 회장의 손가락에 닿았다.

"······!"

회장이 움직인 건 그때였다. 손을 들더니 스푼부터 손가락까지 쭈욱 핥아버린 것이다. 이제 남은 시간은 55분이었다.

*　　　*　　　*

우물!

회장의 입이 몇 번 오물거리나 싶더니 꿀꺽, 목젖이 움직였다.

"흐음!"

회장의 동작이 멈췄다. 숨도 쉬지 않았다. 오래도록 제대로 된 음식이 들어가지 않은 목. 역시 갑자기 뭔가를 먹기는 부담스러운 걸까?

멈췄던 회장의 손이 움직이기 시작한 건 회의가 한 시간 안쪽으로 살포시 들어선 후였다. 두 번째 스푼을 담그나싶더니 스푼 가득 불도장을 퍼 올렸다.

장태와 숀리의 눈은 회장의 일거수일투족을 따라 움직였다. 누군가가 내 요리를 먹어준다는 것. 이토록 고마울 수가 없는 순간이었다.

"이보게, 닥터!"

불도장을 비워낸 로버트가 장태를 바라보았다.

"쉐프입니다."

"요즘은 닥터가 요리도 하나?"

허얼, 회장의 정신줄은 아직도 절반 정도 외출 중…….

"특별한 날이니까요."

"이거 이름이 뭐라고?"

"불도장입니다."

"칼칼하면서도 담백하군?"

로버트가 빈 그릇을 바라보며 입맛을 다셨다.

'후우!'

장태 입에서 안도의 숨이 새어 나왔다. 예상은 틀리지 않았다. 오랜 시간 덤덤한 수프를 먹어온 사람. 그렇기에 부족한 칼칼한 맛에 끌리는 본성. 그게 미각을 깨우며 식욕 게이지를 올린 것이다.

"더 드릴까요?"

장태의 목소리가 명랑하게 높아졌다.

"그래주겠나?"

회장이 그릇을 내밀었다. 장태는 새 그릇에 남은 요리를 담아주었다.

"첫 맛은 밍밍하지만 목을 넘어가면 칼칼하고 시원해. 우리 어머니가 보낸 음식인가?"

몇 스푼을 더 뜬 로버트. 여전히 정신줄은 자리가 잡히지 않았다. 그러나 아직 회의가 시작된 건 아닌 상황. 아쉽지만 기대까지 버릴 일은 아니었다.

"아버님!"

피터가 들어선 건 그때였다. 상황을 간파한 그는 반색을 하며 장태를 바라보았다. 장태는 꾸벅 목례로 대신했다.

"부사장님, 입장하시랍니다."

그릇을 다 챙기기도 전에 직원이 다가와 재촉을 했다.

"가능하면 시간을 버세요."

장태가 말했다.

피터는 끄덕 고갯짓을 한 후에 휠체어를 밀기 시작했다.

"쉐프……."

손리가 걱정스레 입을 열었다.

"잘될까요?"

"우린 최선을 다 했으니까."

"그럼 나머지는 신의 몫이로군요?"

"아니!"

장태가 가만히 고개를 저었다.

"로버트 회장의 몫이야!"

요리가 사람의 몸을 만든다. 하지만 사람의 몸은 마음과 의지가 정한다.

그 생각은,

변함이 없었다.

이사회가 시작되었다. 참석자는 모두 열두 명. 그중에서 로버트 일가가 네 명이었다.

로버트와 셋째 아내, 그리고 피터와 캐빈…….

나머지 여덟 명은 론도 케미칼을 좌지우지할 수 있는 의결권을 쥔 중역들로 구성되었다.

"그럼 지금부터 정기 이사회를 시작하겠습니다."

개회선언은 캐빈의 심복인 간부직원이 맡았다. 캐빈은 슬쩍 어머니를 돌아보았다. 어머니가 소리 없이 웃었다. 듬직하다. 시선은 곧 형 피터에게 건너갔다. 형에게서 복잡한 표정이 엿보였다.

마지막으로 그의 시선은 아버지 로버트를 바라보았다.

"하아!"

로버트는 호흡을 고르고 있었다. 조금 상기된 얼굴이지만 별다른 변화는 보이지 않았다.

'형……'

캐빈은 피터가 미치도록 가여웠다. 이미 대세가 끝난 상황. 그런데 이제 와서 이런 몸부림이라니. 게다가 그 발버둥이라는 거, 고작 늙은 아버지에게 한 끼 식사를 먹이는 것. 합리적인 나라 미국에서 효라도 부각시켜 동정표를 얻으려는 것인가?

"귀여운 발악이구나."

그 말을 들었을 때 어머니가 보인 반응이었다. 두 사람의 계산은 이미 끝난 상황이었다. 피터가 인도 시장을 개척하는 사이에 회사의 지배구조 분위기를 그들에게 유리하도록 바꿔버린 것이다.

모든 것은 완벽했다.

로버트의 지지가 있었고, 그 지지를 바탕으로 이사들을 구워삶았다.

물론 로버트의 지지 발언을 녹음한 육성이 여러 날 흘러나온 목소리를 교묘하게 짜깁기 편집한 거란 건 신도 모르는 일이었다.

피터 측 이사들이 확인차 로버트를 방문했지만 허사였다. 회장의 상황은 좋지 않았다. 완전히 폐인인 건 아니지만 발언은 신뢰하기 힘들었다.

"이따금 정신이 맑아질 때가 있어요."

캐빈의 어머니는 그 이유를 그렇게 둘러댔다.

어쨌든 한정치산 등을 선고받지도 않는 상황. 게다가 아내역시 이사회의 부의장을 겸하고 있으므로 불신을 표시하기도 힘든 일이었다.

"오늘 안건은 로버트 회장님의 지위 승계 확인과 함께 인도 시장 투자에 관한 결정사항이 되겠습니다."

간부직원의 목소리가 마이크를 타고 이어졌다.

"부사장님!"

이사 한 명이 피터를 바라보았다. 피터는 아버지를 돌아보았다.

'기적은……'

없는 건가?

피터의 내면이 절망적으로 속삭였다. 식사를 마친 지 40분 경과. 장태가 말한 30분에서 2시간 사이에 접어들었지만 친룽이 권한 요리의 마법은 조짐이 없었다.

'결국 2시간 쪽인가?'

그럴 수도 있었다. 단지 30분 쪽을 희망했던 것뿐.

낭패였다.

"형님!"

피터는 눈빛으로 캐빈을 다그쳤다.

'여기까지인 거야.'

캐빈의 눈에 포기가 스쳐 갔다. 정황상 이 모든 일은 동생과 새어머니가 꾸몄다는 걸 알고 있는 피터. 그래도 그는 진심으로 바랐다.

아버지가 여기서 공표해 주시기를.

단 몇 분이라도 맑은 정신으로 천명해 주기를. 그게 누구든. 동생이든 자신이든.

그래야만 삼각으로 흩어진 회사의 역량이 한곳에 모일 수 있기에. 그래야 회사가 막강 경쟁사들과 대등한 경쟁력을 가질 수 있기에.

하지만 아버지는 여전히, 평소보다 다소 거칠게 숨을 고를 뿐이었다.

'할 수 없지.'

한 번 더 아버지를 돌아본 피터가 천천히 자리에서 일어섰다.

"존경하는 이사 여러분!"

마침내 피터의 목소리가 열렸다.

"오늘 우리는 회사의 신지평을 열 두 가지 안건을 결정하고자 이 자리에 모였습니다."

피터가 잠시 말문을 멈추자 여기저기서 큼큼 헛기침이 새어 나왔다. 피터는 보았다. 새어머니의 입가에 흐르는 야릇한 미소.

'애쓴다.'

미소가 말하고 있었다. '너는 끝장이야'라고.

"주지하다시피 회장님은 이미 자신의 입장을 천명하셨다고 합니다만 마지막으로 이 자리에서 한 번 더 청해보기로 하겠습니다."

피터의 눈길이 아버지에게 향했다. 몇몇 이사들은 고개를 저었다. 그들도 알고 있었다. 어차피 이 자리, 형식적인 추인을 위해 모였다는 것. 노쇠한 회장은 그저 모양 갖추기로 불려나왔다는 것.

"회장님!"

피터가 아버지를 불렀다.

"응?"

"회장님의 모든 지분을 캐빈 부사장에게 넘기는 것 맞습니까?"

"부사장?"

"천천히… 한 말씀만 해주시면 됩니다."

"나는……."

입을 열던 로버트, 긴 숨을 토하더니 결국 고개를 숙이고 말았다.

"피터, 회장님 더 힘들게 하지 말고 그냥 진행하세요."

묵직한 태클은 새어머니에게서 날아왔다.

"제 생각도 그렇습니다만……."

"그렇죠. 회장님을 이 자리에 모신 것 자체가 불경스럽습니다. 아름답게 은퇴하는 분의 명예도 지켜주셔야죠."

캐빈 측 이사들도 지원사격을 퍼부었다.

"몸도 불편하신데 이제 그만 밖으로 모시지요?"

기회를 잡은 캐빈이 피터를 닦아세웠다.

발악 그만하셔.

그 표정은 딱 그렇게 보였다.

"그럼 경영 승계에 대한 의결을 거행하도록 하겠습니다. 부사장 캐빈이 경영권을 승계하는 것에 반대하는 분은 손을 들어주세요."

피터가 말하자 몇 이사의 손이 올라갔다. 피터를 지지하는 이사 세 명이었다. 론도 케미칼의 경영권 의결에 관한 정관에서 정한 가결은 3분의 2 이상. 총 열두 명 중에 세 명만 반대이니 피터가 손을 든다고 해도 정족수 충족. 결국 뒤집을 수 없는 결과였다.

깊은 숨을 몰아쉰 피터는 마음의 결정을 내렸다. 이렇게 되면 차라리, 동생을 지지하는 게 나았다. 그래야만 경영 승계에 따른 잡음을 최소화할 수 있었다.

"그럼 경영 승계 안건은……."

의사진행봉을 거머쥔 피터의 손이 잠시 멈췄다. 피터는 눈을 의심했다.

"……!"

다시 보니 셋이 아니고 넷이었다. 그리고… 그 손은 바로 아버지 로버트의 것이었다.

"회장님!"

피터가 입을 열자 이사진의 시선이 회장에게 쏠렸다.

아버지 로버트 회장!

간신히 들어 올린 손을 떨며 믿지 못할 말을 쏟아냈다.

"팔 들기도 쉽지 않군."

"……!"

그 말에 반응한 건 새어머니와 캐빈이었다.

"회장님, 지금 장난할 때가 아니에요."

당장 새어머니가 용수철처럼 튀어 올랐다.

"평생 일군 기업을 가지고 장난을 할까?"

또렷했다.

눈빛도 맑았다.

정신줄.

그게 자리로 돌아와 있었다. 마침내 기적이 일어난 것이다.

'오래 끌면 안 됩니다.'

얼떨떨한 의식 속에서 피터는 장태의 권유를 떠올렸다.

"피터, 너는 의결권을 행사하지 않을 셈이냐?"

아버지의 말이 있고서야 피터는 알았다. 자신이 아직 결정을 내리지 않았다는 걸. 당연히, 피터는 이제 오른손을 번쩍 치켜들었다.

반대 5표!

한 표 차이로 정족수가 물 건너 가버린 것이다.

"지금 무슨 짓을 하는 겁니까? 이미 회장님 결정이 난 마당에."

캐빈의 이의가 강력하게 터져 나왔다.

"내가 하고 싶은 말도 그거야."

피터가 응수했다.

"형!"

"캐빈 부사장, 여긴 공석이니 공적인 처신을 부탁하네만."

"닥쳐요. 아버지에게 뭔가 이상한 약을 먹인 모양인데 모든 건 다 끝났다고!"

"약?"

"그래. 아까 아버지에게 먹인 거… 거기에 뭔가 탄 거 모를 줄 알아?"

"그렇다면 네 눈에는 지금의 아버지 모습이 이상한 약에 취했다는 뜻이냐?"

"그, 그건……."

피터는 동생의 정곡을 제대로 찔렀다.

"여러분에게 묻습니다. 지금의 회장님이 그런 모습입니까?"

피터의 목소리가 좌중에게 날아갔다.

또렷하게 곤두선 눈빛, 허덕이지만 또박또박 흘러나오는 목소리. 로버트의 모습에서 약물 따위의 흔적은 찾을 수가 없었다.

"경영권 승계에 대한 건 이런저런 잡음이 있었던 바, 회장님께서 정신이 맑아지셨으니 여기서 다시 말씀을 듣도록 하겠습니다. 그리고 그 어떤 말씀을 하시든 이사님들은 모두 따라주실 것을 요청합니다."

또렷한 발언을 쏟아낸 피터가 마이크를 로버트 회장에게 넘겼다.

하아!

로버트 회장은 다시 숨을 골랐다.

모든 시선은 로버트에게 쏠렸다. 숨소리조차 나지 않았다.

"이건 가짜야!"

로버트는 자신 앞에 놓여진 경영권 승계에 관한 보고서를 바닥에 버렸다. 그리고 또렷하게 주장했다.

"론도 케미칼은 피터에게, 인도 지사장은 캐빈에게."

"우!"

단 한 줄의 발언에 이사들이 휘청거렸다. 일대 반전. 그제야 회장의 의중을 또렷이 알게 된 중역들이었다.

"로버트!"

새어머니가 의자를 박차고 일어섰다.

"이건 내가 누누이 한 말이잖아? 안 그렇소, 여보?"

로버트의 입술과 눈빛은 강철처럼 단단했다. 무엇보다 강력한 그 의지 앞에 새어머니는 몸만 부르르 떨 뿐이었다.

"쉐프!"

숀리가 대기실의 장태에게 뛰어 들어간 것도 그때였다.

"일이 잘 됐대요. 그 회장님 할아버지가 정신이 맑아졌대
요!"

"그래?"

"역시 쉐프예요. 진짜 존경스럽다고요."

숀리는 흥분을 감추지 못하고 소리쳤다.

"숀리!"

"네?"

"존경이라는 건 말이야 강 선생님 같은 분에게나 어울리는
말이야."

장태가 말이 끝나기도 전에 피터가 들이닥쳤다.

"쉐프 손."

"부사장님……."

피터는 장태의 어깨가 으스러져라 움켜쥐며 격정의 한마디
를 건네 왔다.

"고맙소, 당신이 우리 회사를 살렸어요!"

그 목소리에는 건오징어를 우려낸 육수처럼 감칠맛이 담뿍
배어 있었다.

7장

대박이냐 도박이냐

"쉐프!"

로비로 나올 때였다. 불도장을 하고 남은 식재료를 챙겨든 손리가 뒤따르며 목청을 높였다.

"왜?"

느긋하게 대답하는 장태.

"주식 말이에요. 조금이라도 받지 그랬어요."

"아쉽냐?"

장태가 돌아보았다.

"네, 그럼 당장 뉴욕에다 쉐프의 레스토랑을 낼 수 있잖아요."

"뉴욕에 가고 싶어?"

"쉐프가 데려가만 준다면요."

"나야 땡큐지."

"제가 더 땡큐예요."

숀리의 입이 쭉 찢어졌다.

숀리, 의욕탱천이다.

"너 아까 햄버거 연습했지?"

"네!"

"그거 말이야, 누가 맛있게 먹고 100만 불쯤 내면 받을래 안 받을래?"

"쳇, 햄버거 하나에 어떻게 100만 불을 받아요. 완전 날강도 도둑놈이지."

"그럼 답 나왔네?"

숀리 대답을 들은 장태가 씨익 웃었다. 숀리도 그 웃음의 의미를 알아들었다.

"아, 진짜… 그거하고 이거는 다르잖아요."

투덜대는 숀리를 뒤로 하고 현관을 나오자 릭키가 보였다. 이미 소식을 들었는지 그녀는 엄지부터 세워보였다. 장태는 으쓱 어깨 추임새로 인사를 대신했다.

"대표님이 회사로 모시고 오랍니다. 식사라도 대접하겠다고요."

핸들을 잡은 릭키가 말했다.

"말씀은 고맙지만 좀 쉬어야겠습니다. 돌볼 사람들도 많고요."

"잠깐도 안 되나요?"

"다음에요."

장태가 재촉했다. 다른 사람들도 그렇지만 스승이 눈에 밟혔다. 일초가 촉박한 스승. 그 일을 해결하기 전에는 별 셋 미슐랭의 산해진미라고 해도 제대로 넘길 자신이 없었다.

"흐음, 하는 수 없군요."

릭키는 핸들을 돌려 네거리에 접어들었다. 앞을 보던 장태는 잠시 반지를 만지작거렸다. 반지가 준 행운이었을까? 알 수는 없지만 그렇게 믿어야겠다고 생각할 때,

빠앙!

트럭 하나가 폭주하며 울린 경적에 놀란 릭키가 핸들을 틀었다.

"어어!"

숀리의 눈알이 휘둥그레지는 것과 함께,

쿵!

사고를 치고 말았다. 롤스로이스의 옆구리에 살포시 키스해 버린 것.

"아. 씨……."

차 상태를 확인한 기사가 릭키의 차 보넷을 두 손으로 내리쳤다. 기세가 보통이 아닌 사람이었다. 놀라움은 그게 시작이었다. 롤스로이스 뒷문이 열리며 산더미만 한 거한이 내렸고, 숀리가 신음소리를 내며 넘어가 버렸다.

"슐런트……."

퇴역 농구황제 슐런트!

하필이면 그의 차였다.

"슐런트……."

장태도 차에서 내려 인사를 했다.

"쉐프 손?"

뒷목을 만지던 그가 고개를 들었다.

"쉐프 손의 차량?"

"아닙니다. 출장 요리를 하고 차를 얻어 타고 돌아가는 길에……."

"애인?"

"그것도 아닙니다."

슐런트가 시선을 돌렸다. 옆구리를 받힌 롤스로이스는 문이 울컥 먹어버린 상태였다.

"출장 요리비가 얼만지 모르지만 오늘 공칠 것 같은데?"

"죄송합니다. 변상하겠습니다."

"아아, 됐고. 인육 살인범들을 쓸어낸 영웅에게 차 수리비를 받으면 내 체면이 말이 아니지."

"슐런트……."

"그보다 쉐프, 그렇잖아도 내가 볼일 마치고 찾아갈 참이었는데……."

"예?"

"소문은 들었네. 쉐프가 벼르던 일을 해냈다고."

벼르던 일.

크리스에 대한 일을 들은 눈치였다.

"아, 네……."

"거기다 내 이름을 팔았지 아마?"

"예……."

"그리고 그 전에는 내게 약속 어음을 하나 날렸고."

"……."

"크리스와 대결이 끝나면 요리를 맛보게 해주겠다. 맞나?"

"예."

"내가 나흘 후 금요일 오후에 시간이 나는데 말이야. 쉐프 시간은 어떨지……."

슐런트의 시선은 롤스로이스의 옆구리에 박혀 있었다. 시위 아닌 시위였다.

4일 후!

예약을 원하는 슐런트.

"메뉴를 말씀하시면 준비해 두겠습니다."

"아, 혼자가 아니거든."

"예?"

"내 미식가 친구들이 있는데, 두 사람쯤 데려갈까 싶은데 되겠나?"

"가능… 합니다."

"달팽이면 될 걸세. 우리 셋 다 그걸 좋아하거든."

달팽이면 에스카르고…….

"가능합니다."

준비하면 될 일이었다.

"좀 별난 친구들이니까 차질 없도록 부탁하네."

슐런트가 지폐를 내밀었다. 300불이었다.

선금! 예약은 완전하게 성립되었다.

"예!"

"어이, 그냥 가지!"

슐런트가 운전사에게 사인을 보냈다. 기사는 릭키를 한 번 노려보고는 운전석에 올랐다.

"퇴역한 왕년의 농구황제 맞죠?"

롤스로이스가 멀어지자 릭키가 물었다.

"예."

"아는 사이인가 봐요?"

"조금요."

"오늘 당신, 세 사람 목숨을 살렸네요."

"예?"

릭키는 당당한 가슴을 내밀며 한마디를 보탰다.

"피터와 로버트 회장님, 그리고 저. 저런 덩치라면 손가락만 휘둘러도 저는 바로 사망이에요."

숨을 몰아쉬는 그녀의 뒤에서 비둘기들이 우우우 날아올랐다.

우우우!

그 소리는 쉼터에도 있었다. 식당 쪽으로 걸어가던 장태, 수십 명 몰려든 노숙자들이 눈에 들어왔다.

"무슨 일이 있나 봐요."

숀리가 걸음을 재촉했다.

"어, 숀리, 쉐프!"

노숙자들 사이에서 아론이 소리쳤다.

"무슨 일 났냐?"

"피하세요. 준 형이……."

숀리가 묻자 아론의 시선이 장태에게 날아왔다.

"준?"

준은 오리엔탈 마약쟁이. 이사벨에게 마약을 구해주던 그 중독자였다. 어떻게 보면 일본인 같고, 또 어떻게 보면 중국인 같은……. 아니, 또 어떤 때는 한국인 느낌도 들었다.

"그 형이 왜?"

"쉐프가 이사벨 숨겼다고 칼을 들고 와서……."

"……?"

대형사고!

"쉐프, 피하세요!"

이번에는 안나가 달려왔다. 그러자 노숙자들 사이로 상황이 드러났다. 준과 대치하고 있는 아드리안, 그리고 루퉁. 준이 인질로 잡고 있는 한 사람.

그 한 사람…….

"……!"

그 사람에게 시선이 닿는 순간, 장태는 지면을 박차고 뛰었다.

"쉐프!"

"비켜요!"

장태는 인파를 헤치고 뛰어들었다. 준에게 목이 제압된 사람, 바로 스승이었다.

"쉐프."

장태를 본 루퉁이 돌아보았다. 주변은 엉망이었다. 감자가 수백 개 나뒹굴고 멋대로 터진 토마토와 브로콜리, 흥건하게 엎어진 수프 액체…… 제대로 깽판을 놓은 게 분명했다.

"어, 저 새끼!"

이미 맛이 간 듯한 준이 기염을 토했다. 어딘지 부조화스러운 억양. 영어 발음이 나쁘지는 않지만 귀에 익은 억양이 배인 느낌이었다.

"물러서 있게. 자네가 나서면 더 위험할 수 있어."

아드리안이 침착하게 말했다.

"저를 찾는다면서요?"

"그렇긴 하네만 저 친구 상태가……."

아드리안의 눈이 준에게 옮겨갔다. 마약에 취한 준은 거칠 것이 없는 표정이었다.

"헤이, 손 쉐프!"

준이 목청을 높였다.

"이사벨 어디 있어? 빨리 데려와."

"……."

"네가 빼돌린 거 다 알아. 걔는 내가 필요하거든. 그러니까 빨리 데려오란 말이야."

"그녀는……."

장태, 루퉁을 밀며 한 걸음 나섰다.

"너 따위하고 어울릴 여자가 아니야."

"뭐야? 네가 먼저 침 발랐냐?"

"저속한!"

"저속? 이 개자식아, 뭐가 저속인데?"

흥분한 준이 스승의 목을 더욱 조여들었다.

"그분 놔드려."

"싫다면?"

"어차피 내가 목적이라며?"

"너 말고 이사벨……."

"그녀는 홈으로 돌아갔어."

"까고 있네. 네가 숨겨놓고 떡치려는 거 모를 줄 알아?"

"돌아갔다고. 그녀의 원래 모습으로!"

"오냐. 말귀를 못 알아먹는 모양인데 이 꼰대 목을 살짝 따줄까?"

준의 칼 쥔 손에 힘이 들어갔다.

"까악!"

지켜보던 안나와 라벨라의 입에서 비명이 터져 나왔다.

"아서. 그분은 그런 허접한 칼에 상할 분이 아니셔."

"뭐라?"

"적어도 이 정도는 되어야지."

장태가 타오를 꺼내 들었다.

"……!"

타오의 위세에 놀란 쥰이 움찔거리는 게 보였다. 그 순간, 장태는 벼락처럼 타오를 날렸다.

파라락!

타오는 원의 궤적을 그리며 날아갔다.

퍼억!

소리와 함께 쥰의 시선의 그의 발쪽으로 내려갔다. 타오는 쥰의 신발 코앞에 꽂혀 있었다.

'놀고 있네.'

비웃음으로 쥰이 고개를 드는 순간,

퍼억!

이번에는 쥰의 얼굴에 뭔가가 날아와 박살이 났다. 큼지막한 토마토. 완전 정통이었다.

"윽!"

쥰이 비틀 흔들리는 사이에 장태가 출격했다. 쥰의 손목을 걷어찬 장태는 그 팔을 잡아 메다꽂아 버렸다.

"와아아!"

노숙자들 사이에서 환호가 일었다.

"에이, 씨발 새끼!"

일격을 당한 쥰, 본능적으로 귀에 익은 욕설을 쏟아냈다.

'한국인?'

발악을 한 쥰이 칼을 집으려 했지만 그 칼은 루퉁의 솥뚜껑 같은 발이 밟아버린 후였다. 엉거주춤 하는 틈에 장태의 손이 쥰의 어깨를 잡아 올렸다.

우적!

이번에는 거의 완벽한 스트레이트였다. 노숙자들에게 날아가 늘어지는 쥰의 가슴팍에 장태의 킥이 내리꽂혔다.

"그만!"

멱살을 잡고 박살 내려는 순간, 스승의 목소리가 장태를 막았다.

"선생님!"

"그만하면 되었다."

스승은 목을 잡고 숨을 돌렸다. 장태 역시 흥분을 가라앉히고 쥰을 끌고 주방으로 걸었다. 장태는 쥰을 처박아 버렸다. 육류의 핏물을 빼는 커다란 수조 속이었다.

"우억!"

몇 번이고 처박고 빼었다. 그래도 분이 가라앉지 않았다. 스승은 폐암 4기의 몸. 마지막 재활의 도박을 앞두고 일어난 불상사였기에 장태의 분노는 더 크기만 했다. 꿀럭거리는 목을 물에서 빼주자 쥰은 구역질을 시작했다.

"우엑, 우에엑!"

"너 한국인이지?"

"씨발⋯⋯. 좆까고 자빠졌네."

"이름 뭐냐?"

"오세준이다. 이 씨발 놈아!"

세준!

역시 짐작대로 한국인이었다. 워낙 마약에 찌든 몰골이라

일본 사람처럼도 중국, 한국 사람처럼도 보였던 것.

"정신 차리려면 아직 멀었군."

장태는 몸부림치는 세준을 다시 수조에 처박아 버렸다.

"쉐프!"

그때 순리가 황급히 달려왔다.

"강 쉐프님이 쓰러졌어요."

"……!"

장태는 세준을 팽개치고 뛰었다.

"웩웩!"

목구멍이 터질듯 한 세준의 토악질 소리 따위는 귀에 들어
오지도 않았다.

스승은 낡은 방에 누워 있었다. 매사에 초연한 스승이지만
세준에게 받은 충격이 적을 리 없었다. 더구나 폐암 4기의 몸.

"후우!"

톰의 한숨 소리는 길고도 깊었다. 그 옆에 있던 아드리안과
안나, 루통도 고개를 떨구었다.

"선생님!"

장태는 스승 곁에 다가앉았다.

"그 친구는?"

맥을 놓은 스승이 물었다.

"……."

"너무 탓하지 말거라. 그 녀석 실은……."

"알고 계셨군요. 그 친구가 한국인이라는 거……."

"미국 땅… 이민자나 유학생들이 살아남기에 만만한 곳은 아니지."

"……"

장태가 대답하지 않자 스승은 화제를 돌렸다.

"출장 요리는?"

"……"

"잘되었습니다."

"하긴 자네라면……."

"괜찮으시죠?"

장태가 물었다.

"하루하루가 늘 덤인 내가 아닌가?"

"선생님……."

"오래 버텼지."

"무슨 그런 말씀을……."

"이제 그만 쉬어야겠네."

스승의 입에서 포기 선언이 나왔다.

"……!"

장태는 가슴 속이 격하게 출렁거렸다. 유언하는 듯한 목소리 때문만이 아니었다. 그 순간. 스승의 오방색이 일제히 생기를 잃어버린 것이다.

"힘을 내십시오. 선생님은 죽지 않습니다."

"자네 덕분에… 덤은 충분히 누렸어."

"아뇨. 이제 시작입니다. 선생님은 일어설 겁니다. 그래서 저랑 같이 요리하셔야죠. 선생님 요리를 기다리는 사람이 지구에 너무나 많습니다."

"지구……."

"중국에서 아프리카까지 누빈 선생님이 아니십니까? 얼마 전에도 아프리카에서 편지가 왔고요."

장태는 필사적으로 희망의 불씨를 잡아당겼다.

며칠 전에 온 아프리카의 편지.

그건 스승의 도움으로 기아를 면한 소년이 조리사가 되어 취업했다는 감사의 편지였다. 언젠가는 세계적인 쉐프가 되어 고마움에 보답하겠다는…….

"무틀라 말이군."

"무틀라뿐만이 아니잖아요. 중국에도 있고 기니에도 있고 세네갈에도……."

"내가 참 많이도 돌아다녔지……."

"그래도 못 가본 나라가 더 많습니다."

"죽으면 자유롭게 가볼 수 있을 거야. 내 요리를 먹고 울어 주던 아이들… 한 끼 식사도 못하던 가난한 사람들……."

"살아서 가셔야 합니다."

"장태!"

"예, 선생님!"

"너무 애쓸 거 없네. 자네는 이미 넘치도록 나를 돌봤어."

"선생님!"

"이제 쉬어야겠어."

"안 됩니다. 약속을 지켜주세요!"

"약속?"

"선생님의 목숨을 제게 주겠다고 하셨지 않습니까?"

"그랬지."

"지금 받겠습니다."

차마 쉽게 할 수 없는 말. 장태는 입술을 깨물며 그 말을 토했다.

"지금?"

"아드리안!"

장태는 시큰한 콧날을 감추며 뒤돌아보았다.

"말씀하시게!"

"다 데리고 나가주세요. 그리고 누구도 들어오지 못하게 해 주세요."

"쉐프……."

"이대로는 못 보냅니다."

강조 하는 장태의 눈에서 불똥이 튀어나왔다.

"들었나?"

아드리안이 좌중을 둘러보았다. 루퉁과 안나가 먼저 일어섰다. 숀리도 일어섰다. 아드리안은 마지막으로, 장태의 어깨를 툭 쳐 주고 일어섰다. 느리고 무거운 발걸음이었다.

"선생님!"

"……."

"잠깐이면 됩니다. 조금만 기다려 주세요."

장태, 입술을 깨물며 비장하게 일어섰다.

*　　　*　　　*

2주방으로 들어선 장태는 그간 준비한 농축액들을 전부 꺼내놓았다.

하늘은 무심했다.

장태가 원한 며칠.

스승의 몸에 조금만 더 오방색의 생기를 끌어올리려던 계획. 그리하여 마지막 기적을 바라던 계획은 호되게 뒤통수를 맞았다. 운명이라는 놈, 그걸 선물하기는커녕 최악의 상황으로 스승을 밀어 넣은 것이다. 인생은 언제나 반전의 연속. 그렇다고 이렇게 두 손을 들 수는 없었다.

스승의 원인은 폐암.

그렇다면 망가진 오방색 중에서도 폐를 상징하는 색을 살리는 게 우선이었다. 오방색은 음양과도 통하니 그 방법 역시 음과 양 두 갈래.

더할 것이냐!

비울 것이냐!

어쩌면 열을 내리는 방법과도 같았다. 뜨거운 이불을 덮어 땀을 흘려 내리거나, 차가운 수건 등으로 몸을 닦아 증발을 이용해 내리거나.

'하지만……'

후자의 방법에서 고개를 저었다. 비우기에는 너무 늦었다. 그건 그저 시간 낭비일 것 같았다. 결국, 장태가 나갈 길은 하나뿐이었다.

사생결단!

그동안 가리고 모은 식재료 농축액을 꺼내들고 스승 앞에 앉았다. 서둘러 스승의 빈 곳과 재료의 냄새를 합쳐 보았다. 장태에게는 '최적량'이 필요했다.

현미경적 단위의 적정 분량!

폐를 장악하고 뇌척수액까지 치고 들어갔다는 폐암의 악몽들. 그 선봉을 박살 내 병세에 치명타를 가하되 몸에는 최소한의 대미지만 주는 분량.

'열은 상극!'

몰두하고 집중할 때 의사의 말이 스쳐 갔다. 열이 오르면 절대 안 된다는 의사의 말이 손을 떨게 했지만 그대로 진행해 버렸다.

안전빵의 길. 그런 건 없었다.

한 방울! 두 방울!

빈 접시에 진액을 떨구며 적량을 가늠했다. 온몸이 땀에 젖었지만 개의치 않았다. 땀 따위로 스승의 목숨을 구할 수 있다면. 체액을 모두 짜내서라도 바치고 싶은 게 장태였다.

톡!

작은 한 방울이 떨어지면서 적정 분량이 나왔다. 여기가 다른 네 가지 색이 견뎌낼 수 있는 한계였다. 폐암을 끝 간 데 없이 몰아붙일 수 있는 공조의 한계점. 그러나 원래 예정하던 양보다 적었다. 그건 갑작스레 발생한 돌발 상황 때문. 그랬기에 세준이 더 미웠지만 이미 벌어진 일이었다.

"선생님!"

진액 접시를 들고 돌아온 장태가 스승을 바라보았다.

"……"

"식사입니다."

"손 쉐프……"

"한 방울도 흘리시면 안 됩니다."

"……"

"어쩌면 이걸 드시면 바로……"

돌아가실지도…….

뒷말은 차마 다 잇지 못했다.

"……"

"제 마지막 부탁입니다."

"……"

"선생님!"

"먹어보지……"

"먹여드리겠습니다."

스승은 주저 없이 입을 열었다. 그 안으로 떨리는 장태의 손이 옮겨갔다.

톡!

진액이 혀를 타고 스며드는 게 보였다. 오미를 상징하는 오방색에서 폐를 상징하는 건 흰색. 그 빛깔을 살리는 식재료에서 가리고 가려낸 진기. 타오의 기운을 다 실어놓았던 진액이 마침내 스승의 목으로 전진했다.

'제발!'

장태는 염원했다. 이것이, 이것이 스승의 목숨을 잡아주기를. 그리하여 그가 다시 '현역 쉐프'로 돌아와 주기를.

물을 먹였다.

30분이 지났다.

한 시간이 지났다.

스승의 눈꺼풀에 까무룩 힘이 빠지기 시작했다.

반응의 순간이 왔다.

장태도 모르는 인체의 신비. 병마로 시든 스승의 오방색은 과연 시들고 바랜 색에서 벗어날 수 있을 것인가? 집중 보강된 흰색의 기운은 다른 네 색의 숨통을 조이지 않은 채 온몸을 아우를 수 있을 것인가?

후우!

스승의 입에서 아뜩한 숨결이 밀려나왔다.

후우!

또 한 번……. 그리고…….

마침내 식욕 오방색에 여린 진동이 일었다.

'하아…….'

장태는 두 손을 모았다. 이태리와 파리, 뉴욕 등지에서 스승을 만나기를 갈구했던 장태. 레스토랑에 한국인 요리사가 있다는 말만 들어도 확인해야 직성이 풀렸던 장태. 그때보다도 더 간절하고 애절한 비원이었다.

우웅!

스승의 몸에서 무색의 광이 일렁이나 싶더니, 청, 적, 황, 백, 흑, 맥을 놓고 있던 다섯 색깔이 출렁출렁 뒤섞이기 시작했다.

"우억!"

순간, 스승이 고통에 겨워 몸을 꼬았다.

"선생님!"

"우어억!"

"조금만, 조금만 참아주세요!"

오방색이, 미친 듯 날뛰는 게 보였다. 그중에서도 흰색이었다. 네 색깔을 헤집으며 꿈틀거리던 흰색. 마침내 고개를 발딱 쳐들고 무차별적으로 온몸을 휘돌아 나갔다.

'제발……'

발악하듯 몸의 상하를 오르락거리던 흰색, 그 흰색이 스승의 폐 병소에서 섬광을 뿜나싶을 때 스승의 비명이 하늘로 올라갔다.

"끄아아악!"

스승의 등이 활처럼 휘며 떨었다. 그러다, 이내 벼락처럼 가라앉았다.

부르르!

미친 듯한 경련.

부러질 듯한 떨림.

그걸로 끝이었다. 처절하게 발악하던 스승의 오방색은 간곳 없고 몸에는 난데없는 회색만이 강력하게 출렁거렸다.

'아아……'

장태의 정신이 아득해지는 사이,

"쉐프!"

비명소리를 들은 아드리안이 뛰어들었다. 톰과 루퉁도 뒤를 이었다.

"이런!"

아드리안이 먼저 충격을 먹었다. 멋대로 구겨진 스승의 몸뚱아리. 거품까지 문 스승은 허옇게 눈을 뒤집은 채 반송장이 되어 있었다.

"열이 용광로야!"

스승의 이마를 짚은 아드리안이 루퉁을 향해 소리쳤다.

"앰뷸런스, 앰뷸런스 불러!"

띠뽀띠뽀!

구급차가 폭주해 갔다. 장태는 스승 곁에 있었다. 입은 굳게 닫히고 표정은 굳었다. 응급실은 노숙자 쉼터만큼이나 어지러웠다. 미리 대기하던 의료진이 분주하게 움직였지만 장태의 정신만은 수습이 되지 않았다.

"쉐프 손."

아드리안이 장태의 어깨를 잡았다. 그의 푸근한 마음이 건

너왔다.

자네 탓이 아니네.

그 마음은 알지만 위로가 되지 않았다.

"형규 강, 보호자 어디 있습니까?"

의료진 호출이 들어왔다.

"대체!"

장태와 아드리안이 들어서자 의사는 핏대부터 올렸다.

"당신들 뭐하는 사람입니까? 이 사람 폐암환자인 거 모릅니까?"

"……."

"열이 오르면 바로 데리고 왔어야지요!"

폐암환자에게 열! 치명적인 결과를 낳을 수 있었다.

의사의 얼굴에는 낭패감이 역력했다.

"너무 늦어서 손쓸 일이 없습니다. 이 정도 고열이면 이미 모든 기관이 다 끝장났을 거라고요!"

질책의 샤우팅을 뒤로 하고 장태는 스승에게 다가섰다. 마치 혼이 움직이는 듯 넋이 나간 장태…….

후끈! 자책 때문일까? 아니면 의사의 말 때문일까?

가까이 다가서자 불판이 느껴졌다. 요리를 위해 후끈 달구어진 철판처럼……. 지지직, 그 위에 올려지는 스테이크나 생선. 그런 죽음의 향이 못 견디게 코를 차고 들어왔다.

'선생님!'

어깨가 삶은 아스파라거스처럼 늘어졌다. 최선을 다했지만 그건 면죄부가 될 수 없었다. 스승의 목숨을 구하려 시도한 승부수가 목숨을 당기는 악수가 된 것이다.

'손장태……'

니가 뭔데?

폭풍 같은 자책이 가슴을 휩쓸고 머리로 올라갔다.

─사막의 기적?

─타오의 신비?

다 개뿔이었다. 다 빌어 처먹을 이었다. 그건 착각이었고 아무것도 아니었다. 그게 진실이라면, 스승이 벌떡 일어나지는 못할망정, 조금이라도 차도를 보여야 하는 것 아닌가?

스승은 죽어가고 있었다.

뜨거운 열, 장태가 그 몸 안에 놓은 요리의 불, 오미를 상징하는 오방색의 불. 그 불이 훨훨 기세를 뿜으며 타오르고 있었다.

장태는 스승의 손을 잡았다. 갓 데쳐낸 토마토를 만지듯 뜨거웠지만 손을 떼지 않았다. 뒤에서 지켜보던 아드리안과 숀리, 톰 등은 더 볼 수 없다는 듯 밖으로 나갔다.

별이 지고 있었다. 노숙자들의 성자가 지고 있었다.

째깍째깍!

그렇게 찾아온 새벽, 그때까지도 강형규와 손장태의 풍경은 하나도 변하지 않았다. 미켈란젤로의 천지창조. 그보다 더 애절하게 닿은 손과 손이 밤을 건너왔다.

의료진이 다녀갔다. 해열제와 몇 몇 진통 처방이 이어졌지만 열은 잡히지 않았다.

"장기 기증……."

의사가 입을 열 때 장태가 쏘아보았다. 장기 기증 말이 나온다면 완전 포기한 분위기. 야수 같은 장태의 기세에 놀란 의사들은 입을 다물고 병실을 나갔다.

밤 하나가 더 지나갔다.

"장례 준비를 하심이……."

다시 돌아온 톰이 아드리안에게 건네는 조심스러운 말. 그게 장태 귀에 들어왔다. 이번에는 도끼눈을 뜨지 않았다. 냉철히 보면 옳은 판단이었다. 누가 보아도 스승은 이미 송장이었다. 다른 송장과 다르다면 아주 뜨겁다는 것뿐.

다시 새벽이 돌아왔을 때, 장태는 그만 꾸벅 졸음에 빠지고 말았다. 턱을 끄덕이다 잠이 깬 장태는 세면대에서 물을 뒤집어쓰고 밖으로 나왔다.

못난 놈! 이런 상황에도 처 졸다니……. 개한심하구나.

하늘을 보니 무심하게도 별은 밝았다. 다른 날보다 더 밝았다.

맥없이 스승에게 돌아왔다. 그리고 무심코 그 손을 잡는 순간,

'응?'

장태는 자기 손을 의심했다. 물을 뒤집어쓴 까닭일까? 스승의 손이 아까보다 뜨겁지 않았다. 조심스레 스승의 이마로 손을 옮겨갔다.

"……!"

다시 한 번…….

응?

이마의 열도 훌쩍 내려 있었다.

착각인가?

몇 번을 짚어 봐도 마찬가지.

"선생님……."

부질없을 줄 알면서도 스승을 불러보는 장태.

그런데…….

"으음……."

스승의 입에서 기적 같은 신음 소리가 흘러나왔다.

"……!"

정수리에 햇빛이 빡 들어차는 느낌이 왔다. 스승의 신열이 장태 척추로 옮겨온 듯 짜릿한 전율이 벼락처럼 스쳐 갔다.

"이봐요, 닥터, 닥터!"

장태는 목이 터져라 의사를 불렀다.

의사들이 몰려왔다.

"……!"

침묵, 또 침묵!

의료진이 진단을 하는 동안 장태와 아드리안, 숀리와 톰 등은 숨도 쉬지 않았다.

'제발.'

그 사이에도 장태는 혼자 중얼거렸다.

제발이라고.

"허어, 이런 일이……."

CT 판독을 마치고 나온 부원장 데이비스가 갸웃 고개를 저었다.

"선생님!"

아드리안이 다가섰다.

"믿을 수 없군요. 열이 감쪽같이 내리고 바이오리듬이 거의 정상으로 돌아왔어요."

"예?"

"CT 결과도 고무적입니다. 뇌척수액의 암세포가 상당히 줄어들었고 폐 쪽의 병소 또한 상당한 호전을 보이고 있습니다."

"……."

"이 환자… 좀 더 지켜봐야겠지만 무슨 민간요법이라도 쓴 겁니까? 이건 기적이라고 할 수밖에……."

"그럼 사는 겁니까?"

"아직 장담은 못 하지만 아주 고무적입니다."

데이비스가 처음으로 웃었다. 그 미소를 확인한 아드리안이 장태를 돌아보았다.

"손 쉐프!"

"아드리안."

"으아아, 이 친구 진짜……."

잔잔한 호수 같던 아드리안, 그조차 격정의 감정을 제어하지 못하고 장태를 격렬하게 껴안았다.

"자네가 해냈어, 자네가 해낸 거라고!"

"아드리안……."

"세상에, 이런 뚝심이라니. 나 같으면 결코 그런 배짱은 부리지 못했을 거네. 정말 대단해."

"대단한 건 강 선생님이십니다."

"손 쉐프……."

"자기 목숨을 누군가에게 맡긴다는 거. 선생님이 아니면 누구도 할 수 없는 일이니까요."

"……!"

장태의 말에 아드리안도 이의를 달지 않았다. 그건 진실이었다.

누가 감히 자기 목숨을 타인 손에 맡기는 겸허함을 발휘할 수 있으랴? 지옥의 강을 몇 번 돌아나온 듯한 장태의 표정은 우람한 별빛이었다. 수만 년이 지나도 유유히 찰랑거리는 하늘의 별빛…….

"쉐프!"

숀리와 톰은 똑같은 자세로 엄지를 세워주었다. 둘의 눈 역시 촉촉하게 젖은 후였다.

얼마 후에 스승이 다른 검사를 마치고 병실로 돌아왔다.

"고열이 나서 뇌에 이상이 있을까 우려했는데 아직까지는 별다른 손상이 없는 걸로 나왔습니다."

침대를 밀고 온 수련의에게서 반가운 설명이 이어졌다.

"……!"

그 말은 장태에게 두 가지 기쁨을 주었다.

—장태의 궁리가 스승의 몸에 위해를 가하지 않았다는 것!

—식품으로 올린 열에는 큰 부작용이 없다는 것!

장태의 시도!

대성공이었다.

"손 쉐프⋯⋯."

스승의 입이 느리게 열렸다.

"선생님⋯⋯."

"아직 천국은 아니지?"

"예⋯⋯."

대답하는 사이, 자신도 모르게 주르륵 눈물이 흐르는 장태.

"하긴 천국에서 나 같은 인간을 받아줄 리 없지."

"⋯⋯."

장태는 스승의 몸을 보았다.

보였다.

스승의 몸에서 조금씩 생기를 찾아가는 오방색들. 회색으로 물들었던 다섯 색깔이 비를 맞아 되살아나는 풀잎들처럼 윤기가 더해지고 있었다.

"선생님⋯⋯."

장태는 비로소 편안한 마음으로 웃었다.

"손 쉐프⋯⋯. 어쩐지 배가 고픈 것 같네."

스승이 배를 쓸며 웃었다. 너무나 반가운 소리에 장태의 입은 귀밑까지 쾌속으로 치달았다. 지옥을 돌아 나온 두 사람의 미소는 아주 닮아 있었다.

8장

속성 에스카르고 만들기

희망은 멀리 있지 않았다. 바로 옆자리에 있었다. 장태는 그걸 알았다. 스승이 일대 위기를 넘기자 세상의 모든 일이 희망으로 보인 것이다.

이틀 연속 잠을 자지 못했지만 피곤하지 않았다. 스승의 숨소리와 엷은 미소, 그건 그 어떤 에너지 드링크보다 큰 파워를 장태에게 안겨주었다.

"장태 손."

이제 이름까지 외우고 있는 데이비스가 장태를 불렀다. 확인 검사 결과가 나온 모양이었다.

"어떻게 되었나요?"

장태가 물었다.

"재검사를 해봤는데 우연이 아니었습니다. 뇌척수액이 맑아지기 시작했고 폐의 병소도 크기가 많이 줄었습니다."

"……."

"우리 의료진 판단으로는 며칠 가료를 하면서 지켜보는 게 좋다고 의견을 모았습니다만……."

"그렇게 해주세요."

"당신이 형규 강을 돌본 건가요?"

데이비스가 물었다.

"예……."

"미러클 쉐프!"

"예?"

"몰라봐서 미안합니다. 알고 보니 당신이 인육 햄버거의 영웅 쉐프시더군요."

데이비스가 웃었다.

"영웅까지는……."

"아닙니다. 당신 뒷이야기를 읽었어요. 식품의 성분을 이용해 범인들을 잠재우고 도살 직전의 여자들을 구했다고요."

"요리사가 할 수 있는 일을 한 것뿐입니다."

"제 할 일을 제대로 하는 사람도 흔하지는 않지요."

데이비스가 가만히 고개를 끄덕였다.

"뭐래?"

복도로 나오자 아드리안이 물었다. 그도 며칠 동안 속을 끓였으니 모든 게 궁금한 눈치였다

"희망적이라며 여유를 가지고 지켜보자는 군요."

"다행이군."

"고맙습니다."

"뭐가 말인가?"

"모든 게… 모든 게 다 말입니다."

"사람……"

둘은 서로 뜨거워진 눈덩이를 보여주지 않았다. 복도 끝에 서 있던 톰과 숀리도 가세를 했다. 눈치로 상황을 알게 된 그들도 장태에게 미소를 보태주었다.

"이제 가서 좀 쉬게나. 여긴 내가 책임질 테니."

아드리안이 장태 등을 밀었다.

"하긴, 할 일이 많군요."

장태가 대답했다. 병원에 와 있는 이틀 동안 모든 게 스톱되었다. 노숙자 치료식과 오늘의 스페셜까지.

'다들 기다리고 있을 텐데……'

잊었던 일들이 하나둘 떠오르자 마음이 바빠지기 시작했다. 그때 응급실 쪽에서 다급한 고함이 터져 나왔다.

"닥터, 닥터, 골절상입니다. 운동을 하다 심하게 다쳤어요!"

미친 듯이 소리치는 간호사들과 필사적 지혈을 하는 의사들. 그들 뒤로 경찰과 함께, 농구공을 든 채 고개를 떨군 사람이 보였다.

농구공…….

순간, 숀리의 표정이 얼음덩어리처럼 굳어버렸다.

"쉐프……"

차마 떨리는 목소리로 장태를 바라보는 숀리. 다음 말은 숀리와 장태의 입에서 거의 동시에 새어 나왔다.

"슐런트!"

퇴역 농구황제 슐런트. 장태는 미친 듯이 핸드폰을 뽑았다. 날짜를 확인했다. 딱 그날이었다. 농구 전설 슐런트가 두 명의 지인을 데리고 찾아오기로 한 날.

오 마이 갓!

갓갓갓!

슐런트!

그의 존재는 집사로부터 확인되었다. 근육질에 표정 하나 없는 집사가 리무진 앞에 버티고 있었기 때문이었다. 더구나 장태를 보자 꾸벅 목례까지 붙여왔다.

"쉐프!"

당장 아론이 뛰어왔다.

"손님이 왔어요."

아론의 얼굴에는 두려움이 번져 있었다.

"농구황제래요."

"전직 황제!"

숀리가 바로 정정에 들어갔다.

"그리고 지금은 미식가이자 사회사업가!"

한 번 더 이어지는 정정…….

"하지만······."

"어디 계시냐?"

이번에는 장태가 물었다.

"2주방 테라스에요."

"네가 모셨나보구나?"

"아뇨, 안나 누나가······."

"수고했다."

장태는 아론의 어깨를 톡톡 쳐주고 쉼터로 향했다.

"쉐프, 쉐프 강은 어떻게 됐나?"

삼삼오오 모여 있던 노숙자들이 물었다. 장태는 손가락으로 동그라미를 만들어 낭보를 전했다. 노숙자들의 얼굴에 안도의 미소가 번지는 게 보였다. 노숙자들에게 따뜻한 요리의 진수를 보여준 스승. 그렇기에 함께 걱정하는 게 당연한 일이었다.

"이어, 쉐프 손!"

장태가 가까워지자 슐런트가 손을 들어보였다.

"오셨습니까?"

"내가 잘못 온 건 아니지?"

"예."

장태는 한 번 더 목례로 답했다.

No Show!

예약 부도를 이르는 말이다. 미국에서는 손님도 명예가 있다. 명사들은 여간해서는 자신의 예약을 펑크 내지 않는다.

쉐프는 반대의 입장이지만, 쉐프가 예약을 펑크 낸다는 건 있을 수도 없는 일이었다.

운석이 지구를 강타하거나 쓰나미가 레스토랑을 덮치기 전에는.

"인사하시게. 여기는 아놀드와 필립. 들어본 적이 있을지도 모르겠군."

슐런트가 두 명의 동행자를 소개했다.

"……!"

이름을 듣는 순간 장태의 머리에 섬광이 스쳐 갔다.

아놀드와 필립!

둘 다 LA 지역에서는 내놓으라 하는 미식가로 꼽히는 사람들이었다.

"찾아주셔서 영광입니다."

장태의 인사가 한 번 더 이어졌다.

"슐런트께서 하도 칭찬을 하시길래 말이지."

아놀드가 먼저 짧은 수염을 쓸었다.

"거기에 더해 햄버거 패티 사건도 호기심을 끌었다오."

뒤를 잇는 건 필립의 발언.

빙그레 웃는 두 사람의 미소에서 장태는 그들의 본심을 엿볼 수 있었다.

―네가 요리 좀 한다며?

―우리가 확인해 드릴게.

세 명의 미식가. 결코 노숙자 쉼터에 뜰 사람들이 아니었다.

슐런트의 제언에 이은 햄버거 사건. 그것들이 합쳐지면서 호기심을 자극한 모양이었다.

"죄송하지만 슐런트, 저희 쉐프는 삼 일 동안 병원……."

"병원?"

손리가 끼어들자 슐런트가 고개를 들었다.

"병원 주방에서 요리 연습을 하다 왔습니다."

장태는 손리의 입을 막으며 수습을 했다.

"노숙자 식당과 병원이라… 그림이 영 다르지는 않군."

슐런트가 웃었다.

쉬잇!

장태는 손리에게 눈짓으로 주의를 주었다.

예약!

이미 선불까지 받은 손님이었다. 그렇다면 어떻게든 손님을 맞아야 했다. 그건 쉐프의 명예이자 영광이었다.

"뭘로 준비해 드릴까요?"

장태, 호흡을 고르고 단정하게 시선을 들었다. 그러자 세 사람의 식욕 취향이 오방색으로 너울거리기 시작했다.

"요리는 이미 예약한 걸로 아는데?"

슐런트가 장태를 바라보았다.

"……!"

순간, 장태 뇌리에 아뜩함이 스쳐 갔다. 까맣던 뇌리가 하얗게 돌아오며 감쪽같이 잊었던 사실들이 보여지기 시작했다.

에스카르고!

슐런트의 주문이었다. 선금으로 300불도 받았었다. 스승에게 애가 타느라 까맣게 잊었던 것이다.

"설마 준비가 안 된 건 아니겠지?"

슐런트의 미간에 힘이 들어가는 게 보였다.

"준비하겠습니다."

"이봐, 쉐프 손이라고 했나?"

눈치를 챘는지 아놀드가 눈빛을 세웠다.

"예……."

"미안하지만 조금 전에 주방을 둘러보았는데 홍합은 보여도 움직이는 달팽이는 없더군. 슐런트 말로는 선금을 300불이나 치렀다던데 설마 냉동 달팽이를 어물쩍 주려는 건 아니겠지?"

냉동 달팽이…….

그건 식료품점에도 흔했다. 상당수 일반 음식점에서는 그걸 사용하기도 한다. 그러니 미리 쐐기를 박는 것이다.

"……."

"정말 가능한 건가?"

"예."

"흐음……. 그럼 부탁하네!"

아놀드의 눈빛은 반신반의를 오가고 있었다.

"쉐프!"

주방에 들어서자 숀리가 펄쩍 뛰며 나섰다.

"준비 안 했잖아요? 차라리 사정 애기를 하고 다음에 오라고 하지 그랬어요."

"그럴 시간에 요리를 준비하는 게 빠르지 않을까?"

"하지만… 그러다 잘못되어 슐런트의 눈 밖에 나면……."

숀리가 농구공 집어던지는 흉내를 냈다.

"그보다 무서운 게 뭔지 알아?"

"뭔데요?"

"찾아온 손님에게 약속한 요리를 내지 못한 요리사."

"……."

"내가 그런 쉐프가 되면 좋겠어?"

"그건 아니지만……."

그사이에 톰이 들어섰다.

"손 쉐프……."

그의 눈빛도 우려로 가득하기는 다르지 않았다.

"톰, 생 달팽이 좀 긴급 수배해 주셔야겠습니다. 부르고뉴산, 하루쯤 굶긴 것으로요."

달팽이는 종류가 많았다. 그중에서도 최상은 브루고뉴산 달팽이. 이 달팽이는 검은색을 띄고 있었다.

"알아보지."

톰은 바로 전화기를 꺼내 들었다.

"있다는군."

"싱싱한 놈들로 넉넉하게 보내달라고 해주세요. 지급으로!"

그 말과 함께 장태는 팔을 걷어붙였다.

"손 쉐프, 달팽이는 가져온다지만 해감은 언제?"

톰의 표정은 여전히 펴지지 않았다.

해감!

달팽이는 조개처럼 해감이 필수였다. 그렇지 않으면 맛을 버려 요리라고 부를 수 없었다.

"걱정이 되시면 홍합 좀 준비해 주시고 검은 보자기나 비닐도 좀 부탁합니다."

담담하게 말한 장태는 오븐의 온도부터 올렸다.

달팽이가 도착하는 동안 모든 준비는 끝나 있었다. 와인과 버터, 마늘과 파슬리, 레몬과 치즈, 바질과 후추까지.

그리고……

마침내 달팽이가 도착을 했다.

'흐음……'

상태부터 확인했다. 거뭇한 색상의 달팽이. 부르고뉴 종자가 맞는 것 같았다. 일단 하나하나 냄새를 맡았다. 혹시나 병든 놈이나 죽은 놈을 찾기 위한 방편. 상한 놈과 함께 삶게 되면 전체의 맛이 박살 나버리기 때문이었다.

퍽!

선별이 끝나자 한 마리를 깼다. 내장을 살폈다. 불순물 냄새가 적은 걸 보니 하루 정도 굶긴 게 맞았다. 하루 정도 굶기는 건 내장을 비워내기 위한 것. 1차 준비를 마친 장태는 해감용으로 준비한 그릇을 당겼다.

"손 쉐프……"

톰이 시계를 바라보았다. 보통 해감을 제대로 하려면 식초와 소금 혼합물에 3시간 정도 담가야 한다. 그래야 끈끈한 뮤신과 내장의 잡내가 사라지는 것. 톰과 숀리가 걱정하는 게 바로 그거였다.

3시간⋯⋯.

한국 식당에서는 10분도 허용 불가능이다. 누가 10분 동안이나 기다릴 인내를 갖췄단 말인가? 여기요,

하면 몇 분 안에 음식이 나와야 하는 게 한국의 정서.

하지만 프랑스라면 다르다.

미식가들도 다르다.

그들은 20—30분 정도는 기다려 줄 준비가 되어 있었다. 요리에 대한 기대감이 높으면 그보다 더 긴 시간의 투자도 가능했다.

"숀리!"

달팽이를 깨끗이 씻어내고 딱지를 제거한 장태가 숀리를 바라보았다.

"네?"

"20분, 그 시간이 지나면 내게 알려주렴."

장태는 해감을 위해 투하한 달팽이 그릇을 검은 비닐로 씌웠다.

"톰은 맥주 좀 부탁드려요. 홉이 많지 않고 밝은 색으로요."

장태의 주문이 이어졌다. 친룽이 왔을 때는 홉이 많은 맥주였다. 오늘은 그 반대로 가는 것이다.

"와인이 아니고 맥주 말인가?"

"예, 맥주……."

장태는 돌아보지 않았다.

보글보글!

물 끓는 소리가 들으며 크림화된 버터에 스파이스를 넣었다.

세 사람!

슐런트는 고소하고 담백한 풍미의 깊은 맛!

필립은 단맛에 더한 신맛!

그러나 아놀드는 다소 복잡했으니 그의 몸이 원하는 건 쓴 것이지만 단맛의 기세가 너무 강했다. 결국 단맛으로 포장한 매운 맛 쓴 맛을 첨가해야 하는 고난도의 처방 필요.

장태의 머리에는 그들에게 읽어낸 각각의 오방색 기운이 또렷하게 간직되어 있었다.

"쉐프, 시간 됐어요!"

얼마 후에 손리가 소리쳤다.

"그럼 비닐을 벗겨."

"벌써요?"

"어서!"

장태가 재촉하자 손리는 더듬더듬 비닐을 벗겨냈다. 2시간은 해야 하는 해감. 그런데 고작 20분이 지난 후였다.

"……!"

해감을 확인한 손리와 톰의 입이 쩌억 벌어졌다. 달팽이들이 게워낸 점액질과 배설물 때문이었다. 짧은 시간이지만 기대 이상을 토해낸 것이다.

"손 쉐프……."

톰은 설명이 필요한 눈치였다.

"검은 비닐 덕분이에요. 이걸 씌워놓으면 애들이 좀 더 활발하게 해감을 하거든요."

장태가 비닐을 흔들었다.

달팽이들은 장태의 손에서 한 번 더 때를 뺀 후에 끓는 냄비 속으로 들어갔다. 이제부터 50분. 그 시간까지 넘겨서는 곤란한 일이었다.

살을 빼낸 장태는 각종 향료가 들어간 냄비 속에 달팽이를 넣고 뚜껑을 닫았다. 첨가된 건 화이트 와인에 당근과 양파의 일종인 에샬롯, 후추, 타임 등이었다.

달팽이 에스카르고는 두 얼굴의 맛. 스파이스와 쉐프의 손맛이 더해지면 형언하기 어려운 천국의 맛을 내지만 요리의 흉내만 낸다면 비린 달팽이에 불과할 뿐이었다.

포인트는!

달팽이 육질이 안개처럼 부드럽게 휘감기며 곳곳에 숨은 맛을 극한으로 분출하게 하는 것. 소스나 스파이스는 딱, 달팽이를 돋보이게 하는 조연까지만 영향을 미쳐야 했다.

"숀리, 폼 수플레 좀 부탁해도 될까?"

장태가 돌아보자 숀리는 그 자리에서 굳어버렸다.

"쉐프… 내가 어떻게 미식가들 요리를?"

"걱정 마. 폼 수플레는 네가 나 못지않으니까."

"그러다 망치기라도 하면……."

"망치면 또 하면 되지."

"……."

"어서!"

손리에게 감자를 던져 주었다. 전분이 적당한 슈피리어 계통이었다. 기름은 세 가지 온도로 준비된 후였다. 그러나 손리의 손은 미친 듯이 떨었다. 내버려 두었다. 그러면서 크는 것이다. 장태도 그랬으므로.

*   *   *

땡!

200도로 달리던 오븐이 드디어 종료 소리를 냈다. 장태는 천천히 오븐을 열었다.

"우와!"

감자튀김을 마친 손리 입에서 감탄사가 터져 나왔다.

거기 잘 익은 에스카르고가 있었다. 버터와 레몬, 파슬리와 마늘, 더불어 블루치즈와 바질을 올려 구워낸…….

땡!

이번에는 빵을 넣어둔 오븐이 알람을 울렸다.

다시 제 껍질 안으로 들어가 노릇하게 구워져 나온 달팽이는 저절로 군침을 돌게 했다. 9개 한 세트로 구상한 장태. 샐러드와 폼 수플레의 플레이팅을 할 때, 그만 초대형 사고가 터지고 말았다. 숀리가 잽싸게 달팽이 속을 까버린 것.

푸헐!

"숀리!"

놀란 장태가 소리쳤지만 껍질 일부는 이미 쓰레기통으로 직행한 후였다.

푸헐헐!

"이건 껍질을 벗기면 안 되는 요리야!"

"⋯⋯?"

"이런⋯⋯."

쓰레기통 안에서 김을 모락거리는 껍질들. 손을 뻗으면 닿지만 다시 쓸 수는 없는 일이었다. 그건 쉐프의 도리이기도 했다.

"죄송해요. 저는 쉐프를 도우려는 마음에⋯⋯."

"⋯⋯!"

숀리 옆의 톰도 어쩔 줄 모르기는 마찬가지였다. 상대는 미식가들. 달팽이의 껍질을 벗겼다는 건 쉐프의 자질이 의심될 일이었다.

"쉐프⋯⋯."

숀리의 눈에는 금세 닭똥 같은 눈물이 그렁거렸다. 숀리가 버린 껍질은 무려 십여 개. 그대로 남은 건 20여 개도 되지 않았다. 단품으로 나온 오더이니 1인분 5—6개씩으로는 부족한 분량이었다.

일대 위기!

생달팽이가 있지만 시간상 다시 시작할 수는 없는 일.

그 순간 미식가의 한마디가 장태 귀를 쓸고 지나갔다.

―홍합은 보여도 달팽이는 없더군.

홍합!

그렇다. 마침 홍합이 있었다. 그거라면 접시의 빈 공간을 메울 꺼리가 될 수 있을 것 같았다.

"톰, 홍합이 있다고 들었어요."

"그렇긴 한데……."

"그걸 좀 가져다주세요."

장태, 바로 비상 응급조치에 돌입했다.

홍합을 받은 장태, 이상한 고둥 하나를 골라냈다. 패류에는 이따금 엉뚱한 녀석들이 묻어오는 경우가 있었다.

올리브기름을 두른 팬에 에스카르고에 쓰고 남은 스파이스를 볶다 홍합을 넣었다. 15초 후에 뚜껑을 열자 홍합은 착하게도 입을 살포시 벌리고 있었다. 한쪽을 떼어낸 장태는 달팽이처럼 버터를 올린 후에 오븐에 넣었다. 맞춘 온도와 시간은 210도, 4분이었다.

"조금 늦었습니다."

장태는 꾸벅 목례로 미식가들에게 식사를 권했다.

"……!"

잠시 동안 침묵한 건 여러 사람이었다. 슐런트와 두 미식가가 그랬고 처음부터 끝까지 지켜본 손리와 톰이 그랬다. 이유는 몇 가지 부조화 때문이었다.

우선 맥주!

에스카르고가 어떤 요리던가? 프랑스 3대 진미로 꼽히는 요리였다. 더구나 푸아그라와 더불어 와인과 잘 어울리는 요리. 거기에 떡하니 맥주가 딸려나온 것이다.

두 번째는 접시였다. 달팽이 요리는 따뜻할 때 먹어야 제맛이다. 따라서 대개 전용 철판 접시를 쓰는 게 일반적. 하지만 장태의 달팽이는 그저 이중으로 보이는 얇은 쟁반 위에 올려져 있었다.

세 번째는 홍합.

여섯 개의 달팽이 가운데 느닷없는 홍합 에스카르고가 여섯 개씩 끼어 있었다. 곁들임으로 나온 폼 수플레도 시선을 받았다. 초록 샐러드와의 색조 대비는 좋아보였지만 에스카르고에는 역시 조화롭지 못한 것 같았다.

"홍합?"

미식가들의 관심이 쏠린 건 홍합이었다. 이 무슨 저렴한 만행이란 말인가?

"저희 쉼터에서는 종종 특식으로 나가는 메뉴입니다. 달팽이 에스카르고 레시피에 맞췄으니 기념 삼아 드셔보시면……."

장태가 바로 설명했다.

"뭐 그렇다니 한 번 맛을 볼까요?"

떨떠름한 표정의 필립. 그가 먼저 홍합을 잡았다.

"응?"

필립이 저작을 멈췄다.

"이거?"

바로 하나를 더 집어 드는 필립.

"제대로인데요?"

제대로!

그 말을 들은 두 미식가의 표정이 달라졌다.

평이 나쁘지 않자 아놀드도 혼합 시식을 시작했다. 식감은 세 사람의 오방색을 분석해 마지막 스파이스를 조금씩 달리한 장태. 특별히 아놀드에게는 말린 고추 물라토를 미량, 서비스로 투하.

장태는 단정하게 서서 결과를 기다렸다.

"그래도 핵심은 달팽이지."

필립의 손이 집게를 잡았다. 쏙, 첫 달팽이 껍질을 빠져나와 살이 햇빛을 받았다. 노릇하게 구워진 색감 속에서 진한 치즈와 버터 향이 그윽하게 올라왔다. 그건 차마 도발적인 풍미였다.

토실한 살점 위에서 식감을 살려주는 파슬리, 그 위에 눈처럼 내린 스파이스. 그리고… 나른하게 끼쳐오는 달팽이 고유의 향. 먹지 않고는 참을 수 없는 유혹이었다.

후아!

입에 물기 무섭게 맛김 폭풍이 밀려나왔다.

"으음! 맥주하고도 잘 어울리는 에스카르고라니……."

선두주자 필립이 신음을 냈다. 모락 단맛이 오르는 달팽이에 이어진 맥주 한 모금이었다.

"후우, 담백해! 달팽이 맛을 두 배로 밀어 올리는 풍후함이라……?"

슐런트의 눈이 노란 버터 위에 뿌려진 붉은 빛 고명으로 옮겨갔다.

"여기 올린 건 뭔가?"

"달팽이입니다."

"달팽이?"

"오븐에서 나온 달팽이를 레드 와인으로 색을 내고 한 번 더 버터로 구워 갈았습니다. 혀에 닿으면서 예고편, 입안에서 주객인 달팽이의 풍미와 어우러지면서 본격적인 진미를 느끼도록 한 구성입니다."

한 겹 더 올린 달팽이 소스. 숀리 때문에 살만 남은 달팽이를 응용한 것이었는데 전화위복이 된 모양이었다.

"오라, 가벼운 키스 다음에 이어지는 본격 딥 키스처럼 말이지?"

필립은 바로 공감을 해왔다.

"그런데 말이야, 슐런트의 접시에서는 다른 풍미가 느껴지는데?"

이번에는 아놀드가 물었다.

"맞습니다. 세 분의 취향에 따라 조금씩 다른 스파이스로 달팽이의 맛을 살려보았습니다."

"셋 다 다르게?"

설명을 들은 필립이 고개를 들었다.

"예!"

"그럼 당신, 정말 내가 자극적인 단맛신맛이 땡긴다는 걸 알았단 말이오?"

"짐작이었는데 맞았다면 영광으로 생각합니다."

"쉐프가 정말 사람의 식욕을 읽어내는 능력을 가졌다는 건가?"

아놀드는 예민하게 나왔다.

"이봐요. 아놀드, 내가 오면서 이미 경험담을……."

"나는 직접 듣고 싶습니다."

슐런트가 나섰지만 아놀드의 주장이 그를 눌렀다.

"그렇게 청하시니 즐거운 식도락을 위해 간단히 확인을 드리겠습니다."

결국 장태가 나서는 수밖에 없었다.

"아놀드 님, 지금 입맛이 어떠십니까?"

장태가 물었다.

"달큰하오만."

"혹시 쓴맛은 없습니까?"

"그건 맥주의 뒷맛이 아니오?"

"그러시다면 입을 가시시고 버터 소스만을 천천히……."

장태가 생수를 내밀었다.

"……?"

아놀드, 소스를 찍어 우물거리다 동작을 멈췄다.

쓴맛!

집중하니 그게 느껴졌다. 혀 저 뒤편으로 아스라이 무너져 내리는 쓴맛. 단맛에 묻혀 아련하기 그지없는 그 맛이 은근한 쾌감을 주고 있었다. 식도락가로 자처하는 그로서도 감지하기 어려운 '흔적'이었다.

"어떻습니까?"

장태가 다시 물었다.

"이럴 수가……! 정말 쓴맛이……."

"제가 단맛으로 감싸 숨긴 맛이 그것입니다."

"……."

"시고 쓴맛에 단맛을 넣으면 중화가 되지요. 선생님 식욕에 꼭 필요한 맛인 것 같아 그리했으니 불쾌했다면 용서해 주시기 바랍니다."

"……!"

벌어진 아놀드의 입이 다물어지지 않았다. 처음 먹을 때는 그저 수준급이었던 장태의 에스카르고. 그러나 그 진가는 느리게 나타났다. 쓴맛이 위로 들어가고서야 만족도가 슬슬 올라가기 시작한 것.

황망한 그의 손은 접시로 옮겨갔다. 아까부터 궁금한 일이 있었다. 먹는 내내 접시 온기가 따끈하게 남아 있었던 것. 달팽이가 놓였던 접시를 들어내자 그 아래 공간에 놓인 키 높은 그릇에 돌이 들어 있었다. 아직도 온도가 식지 않은 따끈한 돌…….

"이건?"

"죄송합니다. 저희 쉼터에는 에스카르고 전용 접시가 없는 지라 달팽이 삶은 물에서 끓인 돌을 달구어 그 열로 달팽이 가 식는 걸 막았습니다."

"……!"

아놀드의 미간이 구겨졌다. 그제야 알았다. 어째서 풍미가 오래 지속되었는지. 어째서 갓 달팽이를 까는 듯 그윽한 냄새 가 났는지를……. 달팽이 냄새를 머금은 돌이 은은하게 풍미 를 풍겼던 것이다.

아삭!

긴 긴장은 슐런트가 깨웠다. 그가 샐러드와 함께 폼 수플레 를 깨물어 버린 것.

"흐음, 이것도 이렇게 먹으니 별미로군. 아삭한 샐러드에 바 삭한 감자의 촉감이라……."

슐런트는 거푸 감자튀김을 집어 들었다.

아삭, 바삭!

씹히는 소리는 그의 귀를 즐겁게 만들었다.

"손 쉐프……."

마지막 남은 샐러드를 해치운 슐런트가 고개를 들었다.

"예!"

"해피한 경험이었네."

"고맙습니다."

"에, 두 분은 어떠십니까?"

슐런트의 눈길이 아놀드와 필립에게 건너갔다.

"홍합으로 애간장을 태우고 달팽이에 달팽이를 올려 두 배로 올린 풍미……. 거기에 달팽이 본연의 향을 놓치지 않고 상큼함을 더했으니……."

필립은 엄지를 세워 만족감을 표시했다.

하지만!

아놀드의 평가는 다르게 나왔다.

"이 요리는 좋은 점수를 줄 수 없습니다!"

입이 벌어져 있던 손리의 얼굴이 확 굳는 게 보였다. 잔뜩 경직된 목소리로 보아 농담은 아닌 터. 장태는 겸허하게 아놀드의 뒷말에 귀를 기울였다.

"손님을 배려하고 상황에 따른 응용을 한 건 높이 사줄만합니다. 하지만 그는 우리가 원하는 에스카르고를 요리해 내지 못했습니다."

"어째서죠?"

필립이 아놀드에게 물었다.

"생각해 보세요. 우리가 낸 오더는 에스카르고였습니다. 그런데 그는 서로 요리마다 다른 스파이스를 써서 올바른 평가를 내릴 수 없게 만들었습니다. 요리에 있어 창의성은 중요한 일이지만 손님이 주문한 요리에 대한 창의성은 최소한의 범위 내에서 최대한으로 발휘되어야 합니다. 그런데 그는 거꾸로 했어요."

"……!"

그 말에 가장 놀란 건 장태였다.

최소한의 범위 내에서 최대한의 발휘.

그 말에 정곡을 찔렸다.

새겨보니 맞는 말이었다. 에스카르고라는 건 일종의 고유명사. 쉐프마다 조금씩 구성을 달리하거나 맛에 변화를 줄 수는 있었다. 그러나 모든 쉐프가 각기 다른 에스카르고를 만들어 낸다면 '에스카르고'라는 요리의 정체성은 사라져 버린다. 아놀드가 주장하는 건 바로 그것이었다.

"그 말씀이 백번 맞습니다. 본의 아니게 본질을 잊은 점 이해를 바랍니다."

인정!

장태는 아놀드를 탓하지 않았다.

"그럼 그 건은 개봉하지 말아야 하는 겁니까?"

침묵하던 슐런트가 입을 열었다.

"나는 지금 오늘의 요리 품평을 하는 것이지 저 쉐프가 실력이 없다고는 말하지 않았어요."

"……?"

"저 쉐프가 응한다면 나는 찬성이오!"

발언을 끝낸 아놀드가 손을 들어 보였다.

이 사람들, 무슨 말을 하는 걸까? 장태와 숀리, 톰이 어리둥절해하는 사이에 필립도 손을 들었다.

"나도 찬성이외다."

"그럼 나도 찬성!"

마지막은 슐런트의 몫이었다.

"슐런트······."

영문을 모르는 장태가 슐런트를 바라보았다.

"아, 실은 우리가 비즈니스를 겸해 왔네만······."

'비즈니스?'

"혹시 골프 선수 러셀 킹이라고 아시나?"

러셀 킹?

들은 건 같지만 선뜻 와 닿지는 않았다.

"요즘은 살짝 지는 해지만 10년 전까지만 해도 PGA 부동의 톱랭커였다네. 타이거 우즈와 어깨를 나란히 하던 명선수. 상금왕을 여섯 번 내리 휩쓸고 명예의 전당에도 입성한."

"아, 네."

"이 친구가 나름 식도락이거든. 게다가 기부왕이기도 하고."

슐런트가 뜸을 들이는 동안 장태는 가만히 귀를 기울여 주었다. 거기서 슐런트의 본론이 튀어나왔다.

"그 친구가 매년 LA 지역 고아원 대표 어린이들을 초청해 골프 강습도 하고 공연도 하며 만찬회도 여는데 올해 만찬을 주관할 쉐프 한 사람을 추천해 달라는 요청이 들어왔네."

"······?"

"러셀 킹은 몰라도 헤븐 LA는 알지도 모르겠군."

"······!"

그제야 장태의 눈과 귀가 활짝 열렸다.

헤븐 LA.

그건 미주 전 지역에서 회자되는 만찬이었다. 가난한 어린이들에게 꿈을 주는 곳. 나아가 그곳을 거쳐 간 쉐프들은 일약 스타덤에 오르는 코스 중의 하나였다. 스펜서가 그랬고 브랜트가 그랬으며 캐머런 역시 헤븐 LA의 만찬을 주관했던 쉐프 출신. 드물게는 대통령이 오기도 했고 또 때로는 부통령이 참석하기도 하는 곳……

그리고 슐런트도 그곳에 관련된 인사였다.

이제야 그 사실이 머리를 스쳐 갔다.

"어떤가? 올해, 아이들에게 꿈의 만찬을 시도해 보시는 게."

"……!"

"올해의 추천위원장은 날세. 그래서 겸사겸사 동지들을 모시고 온 거였다네."

"슐런트……"

"자네라면 아주 뜻 깊은 쉐프가 될 것 같네만."

슐런트가 웃었다. 하지만 장태는 웃지 못했다. 헤븐 LA. 그건 스승도 가보지 못한 자리였다.

"쉐프, 하겠다고 하세요!"

옆에 있던 숀리가 재촉하며 나섰다.

"쉬잇!"

톰이 숀리를 당겼다. 마음은 이해하지만 숀리가 낄 자리가 아니었다.

"슐런트께는 로엘 쉐프도 있는데 어찌 저처럼 일천한 사람을……"

장태가 슐런트를 바라보았다.

"애석하게도 로엘은 자격미달이라네."

"예?"

장태는 귀를 의심했다. 로엘, 비록 슐런트의 개인 요리사지만 그 또한 한때는 미국 요리계를 주름잡던 한 사람이었다. 그런 사람이 자격이 없다면 신인에 불과한 장태는?

"손 쉐프는 다르지."

슐런트는 장태의 상상을 건너뛰어 버렸다.

"헤븐 LA는 주제가 있는 쉐프를 원한다네. 실력도 실력이지만 정의롭고 마음이 따뜻한……. 그러니 햄버거 살인범을 잡아내고 잡혀 있던 사람들을 구출한 손 쉐프야말로 최적격자지. 실력은, 우리가 검증했으니……."

"……."

"안 그렇습니까?"

슐런트가 두 미식가를 바라보며 동의를 구했다. 둘은 기꺼이 엄지를 세워 보이며 찬성을 표했다.

"슐런트……."

"뭐 그렇다고 이 자리에서 결정되는 건 아니라네. 아무래도 주관자인 러셀 킹의 마음에 들어야겠지. 이건 그가 20년 가까이 주관하는 행사니까."

"……."

"러셀을 만나보겠나?"

슐런트의 시선이 묵직하게 건너왔다. 장태는 갑자기 숨이 막혀왔다.

헤븐 LA.

말은 들었지만 감히 쳐다본 적도 없었다. 유명한 골프선수
가 시작했다는 말은 들었지만 그가 러셀 킹인지도 몰랐다. 느
닷없는 제의를 받자 머릿속이 하얗게 변해왔다.

"해요!"

다시 숀리가 나섰다. 어린 두 눈에는 갈망이 가득해 보였
다. 그건, 톰도 다르지 않았다. 구경나온 안나와 라벨라의 마
음도 그랬다.

"그러시다면 러셀을 만나보기는 하겠습니다."

"와우!"

장태의 입이 떨어지자 숀리가 펄떡 뛰어오르며 환호를 했
다.

"잘 생각했네. 러셀이 지금 PGA 참가 중인데 오늘이 최종일
이라네. 내일이면 LA로 돌아올 것이니 함께 보도록 하세."

"고맙습니다."

"뭘, 나는 여기까지고 이제부터는 자네 몫이라네."

슐런트가 일어섰다. 아놀드와 필립도 자리를 털고 일어섰
다.

세 사람이 멀어지자 안나가 다가왔다.

"쉐프……."

"너무 기대하지 마세요. 슐런트가 권한 일이라 거절하면 여

기다 농구공 테러라도 할까 봐 그랬으니까……."

안나의 마음을 읽은 장태가 선수를 쳤다.

"아뇨, 쉐프는 잘할 거예요. 우리는 믿어요."

"맞아요. 쉐프는 잘할 거예요."

숀리도 빠지지 않는다.

"아무튼 이거 굉장한 쾌거로군. 헤븐 LA라면 아무나 불려
가는 연회가 아니거든."

톰까지도 잔뜩 고무된 표정.

"쉐프, 거기 가시면 저도 데려가 주세요."

숀리가 고개를 치켜들었다.

"아직 결정된 게 아니래도."

"그래도요. 저 고아원에 있을 때 거기 한 번 꼭 가고 싶었거
든요. 한 번도 뽑히지 못했지만……."

"뽑혀?"

"네, 다들 거기 가고 싶어 난리였어요."

"고아들이 그렇게 가고 싶어 하는 곳이니?"

"그럼요. 거기 뽑혀 가면 고생 끝 행복 시작이에요. 후원금
도 받고 끝내주는 양부모나 후원자를 만날 수도 있거든요."

"음, 그건 나도 들었네. 거기에 명사들이 후원금도 걷어
서 주고 마음에 드는 아이들은 결연해서 대학까지 밀어준다
는……."

"부탁해요. 어쩌면 찌찔이 헨릭 자식도 뽑혀올지 모르거든
요."

"헨릭?"

"우리 고아원 킹카예요. 머리도 좋고 얼굴도 잘생겨서 저를 열라 무시한……."

"숀리, 가서 그놈 골통 먹일 궁리라면 관두는 게 좋아. 그렇게 되면 쉐프를 욕되게 하는 거거든."

톰이 주의를 주었다.

"아뇨, 그 반대예요. 오줌싸개 숀리가 아니라 잘 있다는 걸 보여주고 싶어서 그래요!"

숀리의 목소리는 간절했다.

"허헛, 그나저나 우리 손 쉐프, 몸을 복사라도 하던가 해야지 바빠서 어쩌누? 어제는 LA 시장님도 다녀갔는데……."

"시장님이요?"

"그래. 병원에 있다고 하니까 아쉬워하시더군. 상황이 그러니 자네를 부를 수도 없고……."

"아. 예……."

"음, 찾아온 사람은 또 있는 거 같은데요?"

뒤를 보던 숀리가 인상을 쓰며 말했다. 안나의 뒤쪽에서 반갑지 않은 사람이 다가서고 있었다.

9장

행운의 징조

세준이었다.

피냄새 풍기는 그는 한 손에 나이프를 쥐고 있었다.

"쉐프, 피해요!"

숀리가 소리쳤다. 악, 비명을 지른 안나와 여자들이 일제히
물러섰다.

"손 쉐프, 피해."

톰도 잔뜩 긴장한 모습.

"괜찮습니다."

장태는 우려를 뒤로 하고 앞으로 나섰다. 한국인 이세준.
추잡하게 나오는 거라면 다른 사람에게 맡길 수 없었다.

그런데 칼을 쥔 손이 좀 엉성했다. 그렇다면 찌를 자세가

아니라는 뜻. 더구나… 흡사 이사벨이 각성하던 날처럼 흠뻑 젖은 몸이었다.

"또 난장치러 왔나?"

장태가 묵직하게 물었다.

"이사벨……."

세준의 입에서 다시 그녀의 이름이 튀어나왔다.

"잊어. 그녀는 자신의 꿈을 찾아갔으니까."

"나도……."

세준은 뒷말을 붙이며 그 자리에 무너졌다.

"그녀처럼 해줘요."

"……."

"그녀처럼 내 의지를 찾을 수 있게……."

쓰러진 세준, 정말 이사벨의 시선처럼 장태를 올려보고 있었다. 파리한 입술보다 더 간절한 세준의 눈…….

─도와줘요.

─이 악몽에서 탈출할 수 있도록.

세준의 눈은 쉴 새 없이 SOS를 보내왔다.

"진심이냐?"

장태가 내려 보며 물었다.

"분수대에 다녀왔어요……."

"……."

"그런데… 나는 되지 않아요."

흠뻑 젖은 몸의 이유가 나왔다. 이사벨이 악몽의 비워낸 그 자리에 있었던 모양이었다.

"속임수예요. 속지마세요!"

장태 뒤로 다가온 숀리가 소리쳤다.

"세준!"

장태의 시선은 여전히 세준에게 있었다.

"네……."

"그 칼 말이야."

"……."

"왜 가지고 온 거지?"

"찌르려고……."

"거봐요. 역시 쉐프를 해치려 온 거라고요."

다시 숀리가 악을 썼다.

"맞나?"

"아뇨. 나를… 찌르려고……."

세준의 시선이 자신의 팔뚝으로 향했다. 그러고 보니 팔뚝에 핏물이 여럿 비쳤다. 아물긴 했지만 상처는 아직 선명했다.

"오염된 피를 흘려 마약을 참으려고… 그런데 이걸로도 도저히 되지 않아서……."

"병원에 가면 되잖아?"

"두 번 다녀왔어요. 다시는 갈 마음 없어요."

세준이 고개를 저었다. 동양에서 온 마약중독자. 어디라고 반겨줄 리가 없었다.

"나를 믿나?"

"네⋯⋯."

"그럼 그 칼 이리 줘."

장태가 손을 내밀었다. 세준은 얌전하게 나이프를 건네주었다.

"어려울 수도 있어."

"압니다."

"불가능할 수도 있고."

"알아요."

"그래도 하겠다?"

"이사벨이 했으면 나도 할 수 있지 않을까요?"

"이사벨⋯ 좋아하나?"

"좋아해서 그런 건 아니에요. 같은 깃털끼리 모였을 뿐."

"그런데 왜 이사벨에 집착하지?"

"내가 살린 여자니까요."

"⋯⋯?"

살려?

"치사량의 마약을 원한 적이 많았어요. 그건 들어주지 않았어요."

세준의 목소리는 어느새 담담해져 있었다. 이사벨의 유일한 대화 상대였던 세준. 그렇다면 세준 역시 그녀가 유일한 대화자일 수도 있었다.

"좋아, 그런 각오라면 해보자고."

"고맙습니다, 쉐프!"

장태가 눈짓하자 안나가 수건을 가지고 왔다. 장태는 그걸 받아 세준의 물기를 닦아주었다. 물기가 마르자 세준은 오돌오돌 떨기 시작했다.

긴장이 풀리자 그 역시 방황하는 청춘의 하나에 불과해 보였다.

이 친구는 또 무슨 사연일까?

무엇이 무거워 그걸 내려놓고자 마약에게 기댄 걸까?

2주방으로 데려가 물을 주었다. 그런 다음 그의 식성과 식욕에 대한 오방색을 읽어냈다.

'젠장!'

이사벨처럼 오방색은 셧다운 직전이었다. 하지만 장태는 그의 의지를 믿었다. 스스로 살을 찍으며 갈구하는 그 의지.

"쥰이 원래는 컴퓨터 전공이래요."

"뭐 어디 연구소인지 군수회사 보안망인지를 뚫다 걸린 후에 저 꼴이 되었다지?"

노숙자들 사이에서 수군거리는 소리가 들려왔다. 장태는 그 말을 뒤로 하고 세준에게 알맞은 맛을 찾기 시작했다. 마음을 정하니, 마음이 급해졌다.

"우엑!"

우에엑!

토사물 소리가 쉼터를 흔들었다. 세준의 비명 같은 토악질 소리였다. 그가 택한 방법이었다.

장태는 세준에게 택일을 권했다.

—초스피드 광속구!

—슬로우 볼!

세준은 광속을 원했다. 약간의 대미지가 있더라도 그게 좋겠다고 했다. 장태도 공감했다. 마약은 끊기 어렵다. 결심했을 때 움직이는 게 좋았다. 그렇지 않으면, 또 마음이 바뀔 수도 있었다.

—딱 한 번만!

—마지막으로!

—이게 끝이야!

마약중독자들은 그 쳇바퀴를 돌았다. 한 방으로 만나는 천국. 그 뽕 가는 짜릿한 상승. 이미 열락을 맛본 그들이 어찌 달콤한 유혹을 비켜갈 수 있을까?

세준의 토악질은 밤새 이어졌다. 그러나 도망치지 않았다. 그의 몸을 포박한 쇠사슬. 그 또한 의지 때문이었다. 세준이 손리에게 간청을 했던 것.

묶어주세요.

나도 나를 믿을 수 없거든요.

세준은 솔직했다. 그건 곧 그가 마약에서 벗어나려는 시도를 해봤다는 증거이기도 했다. 사슬은 장태가 채워주었다. 이국에서 만난 동포에게 이 정도 정은 나눠주는 게 당연했다.

이른 아침, 레시피 하나를 복기하고 나온 장태는 세준부터 챙겼다. 그는 얌전하게 뻗어 있었다. 밤을 새운 몸부림이 피로로 이어진 모양이었다.

　—숯을 녹인 물!

　—스파이스를 뿌려 구운 소금!

　두 가지를 주었다.

　"소금은 침에 녹여 먹고 물은 최대한!"

　주문은 두 가지였다. 그런 다음 담요를 당겨 어깨를 덮어주었다.

　오들오들!

　그가 떨고 있다. 퀭한 눈은 차마 인간의 그것이 아니었다. 그는 너무 멀리 왔다. 무슨 꿈을 가지고 미국 땅을 밟았을까? 마약쟁이가 될 것을 짐작이나 했을까? 개나 소나 미국으로 날아오지만 성공하는 사람은 적었다.

　꿈은 사라지고 쪼그라진 영혼으로 남은 세준…… . 그의 부모는 알고 있을까? 먼 시선을 들어 한국 쪽을 바라보았다.

　괜히…… .

　엄마가 그리운 아침이었다.

　정말 괜히…… .

　아침 배식은 오늘도 분주했다. 인간은 언제부터 아침식사를 하게 되었을까? 치료식과 스페셜을 돌리고 나니 아침은 훤하게 밝아 있었다.

　"쉐프!"

　카터를 끌어주던 손리가 장태의 옆구리를 툭툭 쳤다. 손리가 바라보는 곳에 검은 세단 한 대가 들어서고 있었다.

"어!"

차가 멈춰서자 손리의 눈이 동그레졌다.

피터!

론도 케미칼의 피터 부사장이었다.

"손 쉐프!"

차에서 내린 피터가 알은체를 해왔다. 그는 말쑥한 변호사를 대동하고 있었다.

"여긴 어떻게?"

장태가 다가섰다.

"어떻게라뇨? 당연히 찾아와야죠."

"회장님은 어떠세요?"

"그렇잖아도 그 부탁도 드릴 겸해서요."

"식사 하셨나요?"

"미안하지만 명 쉐프가 '써니 사이드 업' 계란이라도 부쳐주실까 해서 그냥 왔습니다. 이 소리 들리죠?"

피터가 자기 배를 보았다. 써니 사이드 업은 노른자를 한쪽만 익힌 프라이. 다 익힌 건 오버 이지다. 꼬르륵 소리를 기대한 눈치지만 소리는 나지 않았다.

"어라? 조금 전에는 야단법석을 떨더니……."

피터는 머쓱한 표정을 지었다.

"이쪽으로 오시죠."

장태가 앞서 걸었다.

"피시앤칩스 어떠세요?"

테이블을 권한 장태가 물었다.

"뭐든지 오케이입니다."

피터가 돌아보자 변호사도 끄덕 동감을 표했다.

주방으로 돌아온 장태는 기름 온도를 높였다.

"숀리, 감자튀김 좀 부탁해."

"또 제가요?"

"미식가들 폼 수플레도 만든 실력이잖아?"

"에헷, 그렇긴 하네요."

자신감이 붙은 숀리, 감자 세 개로 저글링을 하다가 도마 위에 올려놓았다.

"가운데 거는 교체."

"예?"

"물이 많은 감자야."

"예, 쉐프!"

다시 감자 자루로 간 숀리가 다른 걸 집어 들었다. 장태는 OK 사인을 보냈다. 감자라고 다 같은 감자가 아니다. 감자도 사람처럼 개성이 있는 것이다.

딱딱딱!

감자 써는 폼이 제법 늘었다. 그걸 보자니 또 흐뭇해진다. 숀리는 쉐프가 될 수 있을까? 그건 아직 모른다. 저 나이 때에는 자고 나면 꿈이 바뀔 수도 있다. 다만 한 메뉴에 대한 자신감. 그건 필연적으로 다른 메뉴로 옮겨질 수도 있다는 사실!

장태는 대구살을 잘라냈다. 아침, 호텔에서 딸려온 짜투리에 있던 재료. 여럿이 먹기엔 양이 작아 따로 빼둔 게 쓸모가 생긴 것이다.

"임무 완료!"

감자튀김을 건져낸 슌리가 소리쳤다.

"그럼 깨끗한 신문지 좀 부탁해."

"접시가 아니고요?"

"신문지, 기왕이면 뉴욕 타임스로!"

장태는 웃으며 대구튀김을 건져냈다. 튀김옷은 엷은 갈색으로 만지면 바삭 소리가 날 것 같은 비주얼이었다.

"여기 있습니다."

장태는 피시앤칩스를 내밀었다.

"……?"

변호사는 바로 받지 않고 주춤거렸다. 유려한 플레이팅이 아니라 신문을 접시처럼 쓴 까닭이었다.

"여기가 노숙자 쉼터잖습니까? 그래서 오리지날 피시앤칩스 분위기 좀 내보았습니다."

"오리지날요?"

피터가 고개를 들었다.

"피시앤칩스는 영국의 대표 음식이잖습니까? 과거에는 다 이렇게 먹었다네요."

"신문지로 싸서 말이죠?"

변호사는 좀 못 마땅한 표정이었다.

"맞아. 나도 미국 온 초창기에 뒷골목에서 몇 번 사먹어 봤어. 신문지에 배어 흐르던 기름기…… 정말 오랜만에 진짜를 만나보는군."

피터는 애정어린 눈으로 피시앤칩스를 바라보았다.

"아시는군요. 신문이 기름기도 흡수하고 뜨거운 것도 막아주지요. 게다가 둘둘 말면 되니까 포장시간도 아끼고… 아직도 신문을 음식 포장지로 쓰는 나라들이 많습니다."

"먹어보자고. 리얼 오리지널이야. 이런 거 아무 데서나 못 먹지."

가볍게 웃어넘긴 피터가 먼저 노릇한 식감이 살아 있는 대구튀김을 물었다.

아삭!

바삭!

변호사의 식감도 뒤를 이었다.

"이야, 이거……."

보기하고는 딴판인데요?

변호사의 표정은 180도 바뀌어 있었다. 요리의 위력이다. 맛난 음식 앞에서, 사람의 경계심은 눈처럼 허물어지게 마련이었다.

"후우, 끝내주는데요? 푸짐하게 올라오는 바삭한 풍미에 질식할 것 같은 고소함……"

변호사는 믿을 수 없다는 표정으로 변했다.

"아, 재키는 아직 모르는군?"

피터 역시 볼이 빵빵한 채로 변호사를 바라보았다.

"뭐 말입니까?"

"저번 총회에서 일어난 일."

"회장님이 반란자들에게 한 방 먹였다는 거 말입니까? 저도 다 들었습니다."

"그 한 방을 먹일 수 있도록 기적의 요리를 해주신 쉐프가 여기 계시지 않나?"

"예? 그럼 이분이 바로?"

변호사의 시선이 장태에게서 멈췄다.

"맞아. 손 쉐프라고 우리 론도를 살린 분이지. 더불어 재키 밥줄도 말이야. 캐빈에게 경영권이 넘어갔으면 고문변호사 계약도 좆 쳤을 테니까."

"……."

잠시 장태를 바라보던 변호사, 돌연 벌떡 일어서더니 장태에게 꾸벅 인사를 갖췄다.

"고맙습니다. 몰라 뵈어 죄송합니다."

"별말씀을……."

장태는 목례로 인사를 받았다.

"손 쉐프, 실은 두 가지 부탁을 하러 왔습니다."

감자튀김을 물며 피터가 운을 뗐다.

"저한테요?"

"하나는 아버지 요리를 한 번 더 부탁하려는 거고요."

"또 중요한 회의가 있나요?"

"아닙니다. 그건 아니고 아버지께서 그 요리를 잊지 못하겠다고 한 번만 더 먹게 해달라고……."

"아, 네."

"그리고 또 하나는……."

피터의 시선이 변호사에게 건너갔다. 감자튀김에 몰입해 있던 변호사, 화들짝 놀라며 서류봉투를 내놓았다.

"이걸 받아주시면 고맙겠습니다."

봉투는 피터가 내밀었다.

"이게 뭔지……."

"그거 기억합니까? 우리 아버지, 잠시라도 제정신이 들게만 해주시면 제 주식을 모두 드리겠다던 약속……."

"그건 그날 제가 사양한 걸로 아는데요?"

"손 쉐프는 사양했지만 저는 아닙니다."

"그럼?"

"저희 회사 주식 1만 주입니다. 제 몫에서 5,000주, 아버지께서 5,000주……."

"부사장님!"

"미안하지만 이건 받아주셔야겠습니다. 저희 아버지 신념이 은혜를 입고 안 갚으면 3대에 걸쳐 불행이 온다는 걸 믿는 까닭에……."

"하지만……."

"부탁합니다!"

피터가 겸손하게 고개를 숙였다. 옆의 변호사는 감자를 우물거리다 황급히 보조를 맞췄다.

"이러시면……."

"받지 않으시면 실력행사를 할 수도 있습니다."

"……?"

"여기 노숙자 쉼터는 따지고 보면 공원이 아닙니까? 경찰에서 마음만 먹으면 노숙자들을 몰아낼 수도 있는데, 그 경찰을 움직이는 건 저도 가능하니까요."

"……."

"쉐프……."

"정 그러시면 맡아는 두겠습니다."

"고맙습니다!"

장태의 수락이 떨어진 후에야 피터의 고개가 올라왔다. 예를 갖춘 얼굴이었다.

"그리고 이건 오늘 식사비입니다."

피터는 100달러 한 장을 더 꺼내놓았다.

"부사장님!"

"마음 같아서는 한 만 불정도 놓고 싶은데 받지 않을 것 같아서……."

"정 그러시면 이 100불은 노숙자들 급식에 사용하겠습니다."

"그런데 이 쉼터 레스토랑은 일반 손님을 받지 않는 모양이군요?"

"예, 노숙자들 배식을 도울 뿐입니다."

"그것 참 아쉽군요. 손 쉐프 실력이나 인품으로 보아 정식

개업을 하면 많은 사람들이 올 것 같은데……."

"과찬입니다."

"저는 다만 더 많은 사람들이 손 쉐프의 요리를 맛보았으면
해서……."

"그럴 실력도 아니지만 설령 그렇다고 해도 여기다 레스토
랑을 열 수는 없답니다. 이쪽 2주방 쪽은 공원에 접해 허가가
날 리 없거든요."

"원하시면 제가 후원해 드릴 수도 있습니다."

"말씀만 들어도 고맙군요."

장태는 목례로 인사를 대신했다.

―레스토랑!

―명사들이 단골로 오는 곳!

―거기에 더해 미슐랭의 별도 두어 개!

―쉐프라는 이름을 가진 사람이라면 누구든 꿈꾸는 이름.

하지만!

당장은 다시 시작된 세준의 발악부터 막아야 했다.

"으억, 으어억!"

피터가 떠나기 무섭게 장태가 뛰어갔다. 세준은 몸부림을
치고 있었다. 어찌나 격렬한지 몸을 묶어둔 나무가 흔들릴 지
경이었다.

"너무 힘들면 포기해도 돼."

장태가 묻자 세준은 입술을 깨물며 답했다.

"참을… 수 있어요."

세준은 어깨를 부르르 떨며, 피가 흐르는 입술 사이로 남은 말을 밀어냈다.

"장태 형!"

형?

"이젠 달아날 곳도 없어요. 더 조여주세요!"

고통과 절망의 눈물이 그득 고인 세준. 그 입에서 흘러나온 한마디가 장태의 가슴을 뜨끈하게 만들었다.

이 자식……. 형이라니…….

*　　　　*　　　　*

바빴다.

세준 때문이었다.

게다가 노숙자들의 치료식도 줄을 지어 늘어났다. 원래 있던 노숙자부터 새로 합류한 노숙자까지 다양했다. 장태의 소문 덕분이었다.

스승은 조금씩 차도가 있었다. 암세포가 하루아침에 사라진 건 아니지만 조금씩 생기가 돌았고 식욕 스캔으로 파악한 오미의 오방색도 그랬다.

가장 희미하던 흰색, 그게 똘망똘망 선명해지기 시작한 것이다.

"헤븐 LA?"

바쁜 와중에 찾아간 스승에게 슐런트의 얘기를 전하자 아주 반색을 했다.

"그건 나도 들은 적이 있네. 쉐프에게는 영광스러운 자리지."

"아직 결정된 건 아닙니다."

장태는 겸손하게 말했다.

"자네라면 딱 적임자야. 이제 보니 아드리안도 그것까지 염두에 두고 로엘과 붙여준 모양이고……."

"그런 것보다 선생님이 우선입니다."

"아닐세. 헤븐 LA라면 꼭 그 기회를 잡게나. 유랑 쉐프는 아무나 할 수 있는 일이지만 그런 뜻 깊은 자리의 주관 쉐프는 아무나 할 수 없는 일이니까."

"최선을 다하긴 하겠습니다."

"이것 참, 몸만 괜찮으면 같이 가고 싶은 자리인데……."

"좋네요!"

"암, 좋고말고.. 자네는 진짜 쉐프가 될 걸세."

"저 말고 선생님 말입니다."

"응?"

"아시죠? 제가 사람 식성의 오방색을 느낄 수 있다는 거."

"그야 물론이지."

"지금 선생님 흰색이 어떻게 보이는지 아십니까?"

"어떤가? 시들시들 비실비실?"

"또렷또렷!"

"응?"

스승도 오방색의 개념쯤은 알고 있었다.

"전에는 말라비틀어지는 낙엽 같았는데, 지금은 그 낙엽에 물기가 차오르는 것 같습니다. 모터가 붙은 흰구름 같다니까요."

"자네 말이라면 믿어야지."

"생기가 정말 많이 좋아졌습니다. 머잖아 퇴원하실 수 있을 겁니다."

"손 쉐프……."

"그럼 저는 슐런트를 만나러 가겠습니다. 주관자 러셀 킹이 최종면접을 본다네요."

"나도 좋군."

"네?"

"이렇게 살아서 자네를 위해 기도할 수 있어서 말일세."

"그리고… 크리스 때문에 만들레이에서 만난 친룽이라는 분이 소개해 줬던 출장 요리 있잖습니까? 그 회사에서 주식 1만 주를……."

"그건 더 희소식이군."

"일단 받아두었는데 제가 받아도 되는 건지……."

"당연하지. 자넨 그거 받을 자격이 있고도 남아."

"선생님……."

"파이팅이야!"

한국식 영어를 작렬한 스승.

장태를 위해 주먹을 불끈 쥐어 보였다.

"강 쉐프의 몸이 좋아졌다고?"

롤스로이스 안에서 슐런트가 물었다.

"예, 덕분에……."

"위기를 넘겼단 말인가?"

"아마도요."

"그것 또한 자네의 요리 덕분이겠군?"

"아닙니다. 선생님의 재주에 반한 신께서 집행을 양보를 하신 게지요."

"너무 겸손할 필요 없네. 나도 들은 바가 있으니……."

"예……."

"크리스 소식도 들었네. 그 친구, 만들레이 사령탑에서 물러나게 될 거야."

"……."

장태는, 시원섭섭했다. 그의 만행으로 봐서는 구속이라도 되어야 하지만 그 정도만 해도 만족할 수준이었다.

"알고 보니 크리스가 강형규의 손목을 잘랐다고?"

"……."

"자네는 크리스의 인대를 잘라 본때를 보였고?"

"……."

"대단하군. 대단해……."

"슐런트……."

"러셀 킹의 행사에 추천하는 것이라 몇 가지 추가 조사를 했었네. 햄버거 살인마를 잡은 영웅이긴 하지만 다른 흠이 있다면 곤란하거든."

"네⋯⋯."

"인대만 잘랐다?"

슐런트의 목소리는 긴 여운을 남겼다. 부정적인 걸까? 아니면⋯⋯. 장태가 골똘하는 사이에 슐런트가 생각을 열어놓았다.

"절묘한 판단이었네."

"예?"

"강 쉐프를 위해 나선 거라면 필시 복수전이었겠지. 그렇다면 승자인 자네가 그 팔을 가져야 하는 법. 그런데 그렇게 피로 피를 부르면 좋은 자리의 쉐프로는 성공할 수 없었을 걸세."

"⋯⋯?"

"크리스야 모든 걸 다 누려본 사람, 재산도 한 밑천 잡았으니 과거의 추잡함으로 쉐프 자리를 잃는대도 아쉬울 게 없겠지. 하지만 손 쉐프는 이제 뜨는 해인데 불미스러운 대결이 밝혀져 보게나? 어떤 오너가 자네를 채용하겠나? 제3자들은 양비론에 익숙하거든."

슐런트의 판단은 정확했다. 장태가 거기까지 계산한 건 아니었지만 일리 만땅이었다.

요리란 창조, 그것은 하나의 예술로까지 여겨지는 지금인데 요리 배틀에서 이겼다고 상대의 팔을 잘랐다면?

사연을 모르는 사람들은 복수전 따위에 관심이 없다. 크리스의 악행도 마찬가지다. 그들은 단지 결과만 생각할 뿐.

그러니 자칫 장태의 미래까지도 부담이 될 수 있는 일이었다.

그 말은 슐런트가 바로 확인시켜 주었다.

"자네가 크리스의 팔을 Get했다면, 나도 다른 사람을 알아 보고 있었을 걸세."

"⋯⋯."

"그러나 인대만 잘랐다⋯⋯."

"⋯⋯."

"그래서 멋지다는 거네. 남자라면 말이야, 총을 쏘지 못할 상황이라면 총신으로 머리라도 후려갈겨야지."

슐런트 입가에 미소가 번져 갔다.

끼익!

그사이에 차가 저택 앞에 멈췄다.

"여기가 러셀 킹의 홈이라네."

차에서 내린 장태, 흰 게이트로 만들어진 대문을 바라보았 다. 안으로 시원하게 터진 잔디밭이 마치 그린처럼 보였다.

러셀 킹!

모습은 검색으로 찾아보았다. 이제는 50줄에 다가선 백전 노장 골프 영웅. 그동안 벌어들인 상금과 모델비만 해도 천문 학적. 반대로 기부나 자선으로 내놓은 돈도 역시 천문학적.

참 궁금한 사람이 아닐 수 없었다.

따악!

퍽!

따악!

퍽!

정원에 들어서자 공치는 소리가 공기를 울렸다. 러셀 킹은 뒤뜰의 간이 연습장에 있었다. 소탈하게도 혼자였다.

따악!

퍽!

공은 치는 족족 과녁에 적중했다.

짝짝짝!

슐런트가 박수를 치고서야 그가 돌아보았다.

"오, 슐런트!"

"안녕하쇼?"

"그 친구가 손 쉐프입니까?"

"기다릴 테니 끝내세요."

슐런트는 가까운 나무의자에 엉덩이를 걸쳤다.

"자네도 앉으시게. 연습벌레 러셀 킹이니 저 공 다 치기 전에는 대통령이 와도, 미스 유니버스가 와도 안 나올 걸세."

슐런트가 바구니를 가리켰다. 그 안에는 골프공 수백 개가 담겨 있었다.

따악!

따악!

소리가 좋았다. 한때는 미국을 들었다 났다했다는 골프선수. 지금도 상위권에서 어른거리는 실력. 그 실력은 어디서 나왔을까? 장태는 그걸 알 것 같았다.

"슈울런!"

마지막 공을 친 러셀 킹이 연습장을 나오며 두 팔을 벌렸다. 그는 슐런트와 막역한 사이 같았다.

"여긴 손 쉐프!"

가벼운 포옹을 끝낸 슐런트가 장태를 가리켰다.

"라스베이거스의 영웅, 환영합니다."

러셀 킹은 기꺼운 마음으로 장태를 맞아주었다.

"나도 한번 쳐 봐도 될까? 왠지 여기서는 잘 맞을 거 같은데……."

슐런트, 몸이 근질거리는 지 골프채를 집어 들었다.

"해보시죠. 감은 중요한 거니까."

러셀 킹은 기꺼이 허락해 주었다.

따악!

거한이지만 슐런트의 몸은 녹슬지 않았다. 공은 열 개에 절반 꼴로 과녁을 명중시켰다.

"어이쿠, 프로 데뷔해도 되겠는데요?"

러셀 킹이 박수를 쳤다.

"그럴까? 내친 김에 PGA를 확 접수해 버려?"

농담이 오가는 사이에 가사도우미가 차를 내왔다. 아시아에서 온 녹차였다.

"드세요. 라오스에서 가져온 건데 마음을 편하게 해줍니다."

러셀이 장태에게 차를 권했다.

"예……."

잔을 집어 들었다. 차향이 은은하고 좋았다.

"슐런트께 듣자니 사람 마음까지 고려하는 요리를 만드신다고요?"

"과찬입니다."

장태가 겸손하게 대답했다.

"나도 식도락은 좋아하는데 정말 궁금하군요."

"그저 최선을 다한 걸 좋게 봐주신 겁니다."

"폐가 되지 않는다면 저도 한 번 맛볼 기회를 주시면⋯⋯."

러셀이 장태를 바라보았다. 은은한 미소 뒤에서 다그침이 엿보였다.

—당신의 요리가 궁금하군요.

—당신의 요리를 맛보여 주세요.

그런 표정이었다.

"원하시는 요리가 있으신가요?"

장태가 물었다.

"시금치요!"

러셀은 기다렸다는 듯이 대답했다. 아주 뜻밖의 대답이었다. 은은하게 장태를 바라보던 러셀의 시선이 가사도우미에게 넘어갔다.

"시금치와 아침에 들어온 가재가 몇 마리 있습니다."

시금치와 가재!

시금치는 몰라도 가재는 보통 가정에서 잘 취급하지 않는 식재료. 그렇다면 이건 미리 의도된 준비가 분명했다.

"그러고 보니 나도 슬쩍 시장기가⋯⋯."

슐런트도 은근 지원사격에 나섰다.

"그렇죠?"

러셀은 반색을 한다. 두 사람의 호흡은 잘도 맞았다.

"그럼 제가 한번 준비해 보겠습니다."

장태는 가사도우미를 따라 일어섰다.

펑!

잔디를 밟는 사이에 옆 담장너머에서 아이들의 야구놀이가 들려왔다.

"스뚜라익!"

포수를 맡은 아이의 걸쭉한 목소리.

"야, 그게 무슨……."

항의하는 꼬마 타자.

장태는 그들에게 미소를 보내며 안으로 들어갔다.

"올해는 시금치?"

장태가 멀어지자 슐런트의 눈길이 러셀에게 향했다.

"아이들이 싫어하는 채소 아닙니까? 지난달에 어린이 행사가 있었는데 한 영양사가 그래요. 아이들 편식이 문제라고."

"과연 러셀답군."

"은근 기대가 되는데요?"

"나는 긴장이 되는군."

"예?"

"손 쉐프 말일세. 내가 보기엔 연륜에 비해 굉장한 잠재력을 가지고 있는 것 같지만 나도 슬슬 늙어서 말이야. 늙은이의 판단은 가끔 헛발질할 때가 있거든."

"그러시면 다음부터 레슨 안 해드릴 겁니다. 제가 믿는 사람은 슐런트밖에 없거든요."

"어허, 내 전력 몰라서 그러시나? 어디로 튈지 모르는……."

"그게 바로 슐런트의 매력이죠. 에너지 넘치는 개성……."

"하핫, 가서 손 쉐프 머리를 농구공으로 한 방 찍어주고 와야겠군. 내 체면을 위해 정신 바짝 차려달라고 말이야."

슐런트는 남은 차를 흐뭇하게 비워냈다.

＊　　　＊　　　＊

러셀의 주방!

생각보다 넓었다. 오븐과 철판, 각종 조리기구도 수준급이었다. 스파이스도 구색은 다 갖추었고 도마와 칼도 좋았다.

"필요한 게 있으면 말씀하세요."

가사도우미는 문 앞에 자리를 잡았다. 척보니 그녀도 이런 상황에 익숙한 모습이었다. 그러니까 러셀, 매번 헤븐의 만찬을 맡을 쉐프를 데려다 최종 점검을 하는 모양이었다.

—가재!

—시금치!

두 재료는 테이블 위에 있었다. 시금치는 싱싱하고 가재 역시 집게발에 힘에 넘쳐 보였다.

'시금치라…….'

푸짐하게 묶어진 한 단을 들고 생각했다.

왜 하필 시금치일까?

시금치〉당근〉무〉양파〉파…….

아이들이 싫어하는 야채들이다. 그중에서도 시금치가 유독 그랬다. 왜 그럴까? 미각 때문이다. 아이들 미뢰는 시금치의 수산 냄새를 맡기에 충분하고도 남았다.

'그렇군.'

장태도 러셀의 속내를 간파했다.

시금치…….

아이들이 싫어하는 것.

그런 재료를 가지고도 맛난 요리를 만들어낸다면, 만찬을 기대할 수 있는 일. 주방의 식기들을 둘러보았다. 그리고 다시 식재료 테이블…….

'닭, 햄, 감자. 토마토, 당근, 파, 샐러리, 버섯, 바질, 달걀…….'

구석의 작은 냄비를 열자 두 가지 기본 스톡이 보였다. 화이트 스톡과 브라운 스톡. 흠흠, 아주 우수하지는 않지만 제법 풍부한 맛이 났다.

오케이!

장태, 마침내 메뉴를 정하고 클리버를 뽑았다. 타오를 대신하는 칼 역시 중식에서 많이 쓰는 클리버(Cleaver)였다.

먼저 한 일은 육수 만들기.

화이트 스톡을 가져와 맛을 보았다. 화이트 와인을 첨가하고 바질과 흑후추를 넣었다.

이어 커다란 소테 팬에 토마토와 당근, 대파, 샐러리, 버섯, 올리브유 등을 투하. 깊은 맛을 위해 꼬냑 몇 방울을 추가하는 것을 끝으로 가재 삶을 준비를 끝냈다.

'다음은 바닷가재……'

암황색 번쩍이는 갑옷에 짭조름하면서도 달달한 바다 내음. 최상은 아니지만 중상은 되는 놈이었다.

서걱!

껍질을 자르고, 구워질 때 꼬리가 말리지 않도록 조치를 했다. 그런 다음…….

버터를 끼얹으려다 생각에 잠겼다.

얼마나 뿌려야 할까?

'러셀의 맛 순위표는……'

녹〉백〉황〉흑〉적…….

새콤하고 담백한 맛의 선호자…….

녹색은 간을 상징하니 피로도가 다소 쌓였다는 뜻이었다. 그러니 그를 위해서라면 신맛이 도는 버터를 쓰거나 그쪽 스파이스를 첨가하는 게 정답.

"……"

장태는 잠시 생각에 잠겼다. 하지만 오래 생각하지는 않았다. 만약 시험이라면, 맨 먼저 떠오른 영감이 중요한 것. 괜히 이것저것 재다가 다른 걸 골라봤자 확률은 더 떨어지게 마련이었다.

장태는 러셀의 입맛과 반대로 갔다. 달콤함에 고소한 풍미를 더한 버터였다.

가재가 익는 동안 감자를 다른 오븐에 구웠다. 보통은 물에 넣어 삶지만 장태는 그 방식을 따르지 않았다. 수분을 막기 위해서였다.

물을 끓였다. 소금을 넣은 찬물이었다.

응?

원래 찬물을 끓이는 거 아니냐고?

그렇지 않다. 일부 쉐프들은 온수기를 사용하는 경우가 있다. 하지만 쌀이나 계란, 채소 등은 찬물로 시작하는 게 좋다. 그래야 더 고르고 맛나게 익는다. 요리란 아주 작은 곳에서 맛이 결정되는 법.

여기저기서 물 끓는 소리가 연주처럼 들렸다. 긴장이 풀린 장태, 콧노래가 흘러나왔다.

기름에 고기가 익는 소리는 명랑하고 물 끓는 소리는 아련하다. 귀 기울이면 주방이야말로 작은 공연장이 틀림없었다. 작은 음악회가 열리는 공연장……

시금치!

어쩐지 가재보다도 중요해 보이는 그걸 집어 들었다. 믹서기에 갈고 면보에 걸렀다. 짜낸 시금치 물을 끓였다. 이렇게 분리한 엽록소를 밀가루와 세몰라 가루에 섞었다. 세몰라는 껍질을 벗긴 하얀 밀이다.

오븐을 열었다. 노릇하게 구워진 감자가 모락 김을 뿜어냈다. 그걸 으깨니 하얀 속살이 은가루를 뿌린 눈송이처럼 반짝거렸다.

감자를 가루에 넣고 계란 노른자와 구운 소금, 올리브유에 참기름을 살짝 더하니 반죽에 윤기가 살아나는 게 보였다. 시금치가 투명한 녹색으로 변하는 순간이었다.

반죽을 길고 잘게 밀어내 토막 낸 장태, 나무젓가락으로 반죽을 눌러 태극기의 4괘 문양을 새겨 넣었다. 알맞게 삶아낸 반죽이 접시 위에 올라갔다. 가재는 버터를 두 번 정도 더 뿌린 후에 꺼냈다. 살을 바르자 고소한 풍미가 등천을 했다.

맛있겠다. 꿀꺽! 장태는 자신도 모르게 침을 넘겼다.

접시 가운데 살을 발라낸 가재를 닮고 바질을 장식으로 올렸다. 가재껍질 일부를 빻아 첨가한 소스로 스타일링을 완성하면서 요리가 끝났다. 소스는 세 조각의 무염버터로 점성을 조절한 작품. 마치 부드러운 융단을 담은 듯 풍부한 향과 윤기가 돌았다.

"시금치 뇨끼?"

동글넙적하게 모양이 잡힌 수제비 덩어리 같은 요리.

두 접시가 대령되자 슐런트는 한눈에 알아보았다.

모락 담백한 김을 풍기는 흰 살을 감싼 붉은 가재껍질, 그 앞에 수줍게 늘어선 녹색 식감의 뇨끼들. 접시에 뿌려진 달콤한 소스와 어우러진 플레이팅은 순박하면서도 즐거운 느낌이었다.

뇨끼! 장태가 만든 건 가재 시금치 뇨끼였다.

10장

'헤븐 LA'
주관 쉐프 요청을 받다

"뇨끼라… 뜻밖인데요?"

러셀도 흥미를 보인다.

"흐음, 소스에 가재껍질을 갈아 넣었군. 맛이 깊고 풍부해."

슐런트는 코로 먼저 시식을 했다.

"시금치 향이 아른……. 이게 면 맛하고는 차원이 다른데요?"

러셀의 본격 시식. 역시 그의 관심사는 시금치에 있었다.

"뇨끼라는 게 보기보다 난이도가 높은 요리지. 감자와 가루의 비율, 삶을 때의 시간, 어느 것 하나라도 맞지 않으면 다 풀어져 버리니까."

슐런트의 입으로도 뇨끼가 들어갔다.

그의 혀는 과연 명망 높은 미식가의 물건다웠다. 뇨끼는 매

과정에 많은 손과 정성을 필요로 한다. 즉 고도의 기술을 요하는 것이다.

"좋군요. 시금치와 가재를 이렇게도 매치시킬 수 있다니……. 쫄깃 담백한 뇨끼에 감칠맛이 폭발하는 가재의 앙상블! 쫀득함과 부드러움이 섞이면서 식욕을 제어하지 못하게 하는군요."

러셀의 손은 쉬지 않았다. 뇨끼를 집어 앞뒤로 살피는가 하면 가재를 집었고, 어느 틈에 소스를 찍고 있었다.

'된 건가?'

긴장이 삶은 시금치줄기처럼 풀리던 장태, 그러나 어느 한 순간 눈자위에 힘이 들어가고 말았다. 러셀의 포크가 매정하게 딱 멈춰 버린 것이다.

"……?"

러셀은 바로 그 이유를 알려주었다.

"시금치를 뇨끼로 변신시킨 마법은 높이살만 하군요. 여기 문양도 재미나고요."

"코리아 태극기의 4괘 문양입니다. 무궁한 광명의 정신을 뜻하니 아이들에게 힘이 될 문양입니다."

"좋아요. 이런 거라면 시금치를 싫어하는 아이들도 얼마든지 먹을 수 있겠습니다. 그러나……."

러셀은 접시를 바라본 후에 뒷말을 이었다.

"소스의 풍미가 부조화예요. 단맛과 신맛이 좀 강해서 시금치와 가재 본래의 맛을 해치고 있습니다."

러셀이 고개를 들었다.

"맞습니다."

장태는 기다렸다는 듯이 쿨하게 인정 사인을 날렸다.

"맞다고요? 그럼 실수를 알고 있었다는 겁니까?"

"알고는 있었지만 실수는 아닙니다."

"뭐라고요?"

실수였다.

그러나 실수는 아니다.

앞뒤가 맞지 않는 말이 나왔다.

"러셀 님. 한 가지만 묻겠습니다. 이 요리는 무엇을 위해 제게 준비시키신 겁니까?"

"……?"

"러셀 님의 입맛을 위해서입니까?, 아니면 아이들의……."

장태는 잔잔한 미소로 러셀을 바라보았다. 같이 듣고 있던 슐런트의 눈이 출렁이기 시작했다. 이번에는 러셀이 앞서 알았다. 장태가 지금 뭘 묻고 있는지를.

'이 친구…….'

다시 한 번 슐런트의 정수리가 싸아해지는 순간이었다.

"감을 잡고 임하셨군요. 물론 아이들을 위한 테스트입니다. 당신이 내 사랑스러운 아이들에게 멋진 요리를 할 수 있는지 없는지……."

"그렇다면 시식이나 평가 또한 아이들이 해야 할 것 같습니다만……."

장태의 시선이 담장 너머로 날아갔다. 야구하는 아이들의 웅성거리는 소리를 따라…….

"허헛, 듣고 보니 내가 먹을 일이 아니었군."

슐런트는 포크를 내려놓고 어깨를 으쓱해 보였다.

"괜찮겠습니까?"

장태가 러셀에게 물었다. 그 역시 어깨를 으쓱하는 것으로 수락을 대신했다.

"와아아!"

아이들 여섯 명이 담장을 넘어왔다. 또 하나의 테이블에 둘러앉은 아이들은, 장태가 내온 시금치 뇨끼와 바닷가재를 게 눈 감추듯 해치워 버렸다.

"더 없나요?"

아이들이 빈 접시를 흔들며 소리쳤다.

"지금은 없지만 먹은 소감을 솔직하게 말해주면 여기 러셀 아저씨가 다음에 또 초대할지도 모르지."

장태는 아이들의 소감을 물었다.

"끝내줘요!"

"입에서 녹아버렸어요!"

"더 먹고 싶어요!"

아이들은 다투어 소리를 질렀다. 거기 따라붙는 행복한 얼굴. 그건, 누가 강요해서 나오는 표정이 아니었다. 아이들의 입에 딱 맞은 맛. 그 맛이 만들어낸 합창이었다.

"누구 그 뇨끼가 뭘로 만들었는지 아는 사람?"

장태가 아이들에게 물었다.

"파슬리요!"

"바질요!"

"식용색소요!"

아이들은 저마다 목청을 높였다.

"아니, 그건 시금치로 만든 거다."

장태가 커밍아웃을 하자,

"어, 나 시금치 못 먹는데?"

"맞아. 시금치가 이렇게 맛있을 리가 없잖아요!"

아이들이 다시 합창을 했다.

"시금치가 왜? 토마토즙에 갈아 넣어 만든 스피니치 젤리는 환상적이고 치킨 시금치 샤브샤브는 천국의 맛이지. 그리고 시금치와 베타 수플레, 시금치 타말리, 시금치 버터를 뿌린 양 고기 스테이크는 또 어떤데?"

"우와!"

장태의 말에 홀린 아이들은 입을 쩌억 벌리고 말았다.

입을 벌린 사람은 또 하나 있었다.

"……!"

러셀이었다.

러셀은 장태의 주장을 인정하는 수밖에 없었다. 그 아이들 은 러셀의 이웃. 장태가 매수할 수도 없는 아이들이었다.

"어째서……?"

아이들이 우르르 담장을 넘어가자 러셀이 장태를 바라보았다.

"아이들이잖습니까? 어른들과 미뢰가 다르거든요. 게다가 에너지가 많아 조금 더 자극인 맛이라야 만족을 느끼지요. 쓴맛만 아니라면 말이죠. 그래서… 그 요리에 소스도 조금 더, 버터도 조금 더 첨가했던 겁니다. 아이들이라면, 그렇게 해도 본연의 맛을 놓치지 않습니다."

"쉐프 말이 맞네. 어린이의 미뢰는 약 1만 개. 3배나 세니 어른과 상대가 되지 않지. 그러니 우리에겐 좀 지나치다 싶었지만 아이들에게는 환상의 맛이 된 거야."

슐런트의 설명이 뒤따르자 러셀은 남은 소스를 다시 맛보았다.

"그렇군요. 이제 보니… 나도 어릴 때는 엄마 몰래 설탕이나 버터, 치즈를 더 넣어 먹은 적이 많아요."

엄마 몰래.

그건 세계 공통이다. 장태도 그랬다. 엄마 몰래 설탕을 더, 초콜릿을 더……. 팍팍팍!

"하하핫!"

러셀이 호방하게 웃었다. 장태의 주장에 온몸으로 공감하는 순간이었다.

"부탁합니다. 올해의 아이들 만찬을 맡아주세요!"

자리에서 일어선 러셀이 정중하게 청해왔다.

짝짝짝!

슐런트는 박수로 분위기를 띄웠다.

헤븐 LA.

그 주관 쉐프로 장태가 결정되는 순간이었다.

20,000불!

장태의 초빙료는 그렇게 정해졌다. 나머지 부대비용과 인건비 역시 러셀 킹이 부담.

초청 인원은 어른 아이를 합쳐 총 100여 명, 장소는 호텔이 군집한 인근의 엔젤 이벤트 홀. 주방 식기구가 완벽하게 갖춰진 곳이었다.

주메뉴는 가재와 시금치 뇨끼!

재료에 대한 선택권은 장태에게 일임!

거기에 이탈리아식 푸딩인 파나코타와, 시금치가 잘 어울리는 크레프, '메네아크'를 곁들이고 마지막은 초콜릿 타르트로 마감하기로 했다. 이건 임시 메뉴. 주메뉴를 제외한 교체나 곁들임은 장태에게 재량권이 주어졌다.

두 요리 역시 시식을 선보였다. 메네아크의 크레프에 시금치를 잘게 다져 넣어 시각을 살렸다. 거기에 닭고기 다진 것과 푸아그라, 치즈를 섞어 말아내니 진득한 맛이 났다.

게다가 크레프는 흔히 보는 한 겹이 아니고 셀 수도 없다는 사실.

파나코타도 그랬다. 절인 과일을 올려 담아내자 독창이면서도 훌륭한 곁들임이 된 것. 세 가지 요리에 기본 샐러드를 더한다면 아이들에게는 더할 나위 없는 요리가 될 것 같았다.

"이번에는 제 입맛에 딱인데요?"

시식을 끝낸 러셀이 웃었다.

"당연히, 이번에는 러셀 님께 필요한 맛을 듬뿍 보강했거든요."

"흐음! 역시 그게 농담은 아니었군요."

고객의 입맛을 알아내고 맞춰주는 맞춤형 요리. 아놀드의 충고를 잊지 않고 있지만 러셀에게는 적용해 버렸다. 지금은 그저 아이들을 위한 시간이니까.

"그런데……."

포크를 내려놓은 러셀이 장태를 바라보았다.

"하실 말씀이라도?"

"아이들 명단이 왔는데, 두 명이 문제가 있어서요."

'문제?'

"아, 별다른 건 아니고……. 두 아이가 베지테리언과 글루텐 알러지, 즉 채식주의자이자 글루텐 장애가 있다네요."

"……."

〈채식주의자―육류 불가!〉

〈글루텐 알러지―밀가루 불가!〉

두 개의 옵션이 나왔다.

"해마다 이런 아이들이 한두 명 끼어 있었어요. 그래서 쉐 프들이 음식을 따로 준비하곤 했는데……."

러셀이 뒷말을 흐렸다.

보기가 안 좋더군요.

러셀이 말줄임표에 가둔 말은 그것이었다.

아이들이다.

아이들은 호기심도 많고 시기심도 많다.

게다가 일류 쉐프들이 만든 요리. 더 많은 걸 먹어보고 싶은 욕심이 안 생길 리 없다. 그런 차에 옆자리 아이가 나와 다른 요리를 받아들면?

남의 떡이 더 커 보인다고 그 요리가 탐이 나는 것이다.

"해결책이 없을까요?"

러셀이 물었다.

―베지테리언과 가재.

삐익!

장태 머리에 ×표 부저가 울렸다.

―밀가루로 만드는 크레프.

삐익!

부저는 두 번 거푸 울렸다.

하지만 장태에게는 해결책이 있었다. 만들레이 베이에서 크리스를 눌렀던 그 요리……

"부조화가 일어나지 않도록 맞춰보겠습니다."

겸손하게 말한 장태는 비로소 저택을 물러났다. 기다리는 사람이 많은 장태였다.

"아자!"

밖으로 나온 장태는 주먹을 불끈 쥐며 쾌재를 불렀다. 요리의 대양(大洋). 장태를 기다리는 미지의 그곳. 그중의 한 섬이 장태에게 공개 초대장을 보낸 것이다. 이름하여 헤븐 LA 아이랜드. 더구나 가난한 아이들을 위한 요리.

첫 공개석상에 나서는 쉐프로서 이만한 일도 없었다.

마켓으로 달렸다.

넉넉하게 재료를 샀다. 주로 스승과 세준을 위한 것들이었다. 신선한 채소를 고르는 장태의 표정은 갓 따낸 과일의 싱싱함과도 닮아보였다.

요리를 잘하는 법! 그건 무엇일까?

쉼터로 돌아온 장태, 세준에게 구운 소금과 숯 물을 공급하고 방에 틀어박혔다.

―요리는 손맛!

―요리는 쉐프의 바른 마음가짐!

―요리는 재료가 좌우!

여러 가지 메모 중에 마지막에 적힌 글귀가 눈에 들어왔다.

〈요리는 사랑!〉

이 말은 파리에서 미슐랭 3 스타 레스토랑을 운영하는 쉐프가 한 말이었다. 젊은 날의 그, 노력하고 또 노력해도 요리가 늘지 않았다. 그러던 어느 날, 인도에서 온 여자에게 빠져소위 맛탱이가 가버렸다. 몇 번 마음을 전했지만 녹록치 않았다. 모조리 퇴짜였다.

그의 마지막 시도가 바로 요리였다.

자신이 가장 잘하는 것. 요리나 한 번 먹여주고 쿨하게 마음을 정리하려고 했던 것. 그게 그를 최고의 쉐프로 만들었다.

가난한 보조 요리사. 넉넉지 않은 돈으로 재료를 사러 다녔다. 최소의 비용으로 최고의 재료를 골라야 하는 것. 그건 너무나 간절한 미션이었다.

그가 원한 건 인도풍 카레로 끓여낸 카술레 소세지.

일명 프랑스 순대로 불리는 카술레에서 소고기만 제외한 것. 카술레는 오래 동안 조리해야 하는 요리다. 게다가 돈 때문에 다시 살 수 없는 재료들. 망치면 끝장이었기에 온 신경을 집중해 요리를 마쳤다.

이야기는 반전이 있었다.

정성을 다해 요리를 완성한 쉐프. 스스로 냄새에 반하는 자뻑 상황이 오고 말았다. 쉐프는 그 요리를 자신이 먹어버렸다. 버림받은 애정에 대한 보상이었다.

그리고 흐뭇해했다.

'내가 이런 요리를 할 수 있다니.'

그는 용기를 얻어 유명 레스토랑에 지원을 했고, 하필이면 카술레 테스트를 받게 되었다. 그리고 그는, 합격했다.

여자를 잃었지만 그 대신 꿈을 얻은 쉐프는 이후 탄탄대로를 걸었다. 자신의 열정을 요리에 투영하는 법을 배운 것이다.

장태의 스승도 그랬다.

요리는 마음가짐. 그게 절반을 이룬다고 했다. 진솔한 마음으로 열연! 그게 없으면 요리에는 감동이 있을 수 없었다.

요리란!

접시 위에 자신의 모든 것을 담아내는 것.

쉐프란!

그 요리에 자신의 가치를 증명하는 사람.

장태의 머릿속에 아이들이 바글거리기 시작했다. 특히, 베지테리언 한 명과, 글루텐 알러지 한 명… 장태는 2주방으로 나왔다. 그런데…….

"쉐프!"

거기 손리가 있었다. 옷과 얼굴에는 기름칠을 잔뜩 칠한 채.

"메네아크?"

장태의 시선이 손리가 든 팬에 닿았다. 엉망으로 찢어진 팬케이크, 그리고 배가 터져 멋대로 엉클어진 채소 다진 것들…….

"으악, 들켰다."

손리의 고개가 팍 떨어졌다.

"너 혹시?"

장태가 쏘아보자 손리는 말을 더듬었다.

"쉐프…….."

"헤븐 LA에 따라가려고 연습?"

"예…….."

자꾸만 기어들어가는 손리의 목소리. 아까 장태가 했던 말을 기억하고 있는 모양이었다.

"그러니까 네가 메네아크를 만들려고?"

"그건 아니고요. 어떤 건지 알기라도 해야 쉐프에게 도움이 될 거 같아서…….."

"숀리!"

장태의 목소리가 굵어졌다.

"네……."

이제는 아예 들릴 듯 말 듯 늘어지는 숀리 목소리.

"안 돼!"

"……!"

그 한마디에 숀리 얼굴에는 절망이 번져 갔다. 잠시 말문을 잠갔던 장태, 피식 나오는 웃음을 참으며 뒷말을 이었다.

"따라오고 싶으면 제대로 배워야지."

굳었던 장태 입가에 미소가 돌자 숀리가 화들짝 고개를 들었다.

"쉐프!"

"가서 세수하고 정신 바짝 차리고 와. 손에 제대로 익도록 크레프 만들어야 할 테니까."

"예, 쉐프!"

숀리는 목이 터져라 소리쳤다.

＊　　　＊　　　＊

크레프!

한국식으로 말하면 메밀전병과 유사하다. 일단 반죽을 팬에 부어 얇고, 납작하고, 둥글게 만들어야 했다. 얼핏 보면 별것 아닌 것 같지만 그렇지 않았다. 이 기술이 상급에 이르면

밀 크레프도 가능해진다. 밀(Mille)은 천 가지를 뜻하는 말. 얇은 크레프로 셀 수도 없는 층을 만들어낼 수 있다는 것.

이런 경지에 이르지 못한 쉐프들은 대용으로 얇은 크레프를 접어서 사용한다. 그것만으로도 여러 겹처럼 보이기 때문이었다.

"재료부터!"

장태의 손이 재료 칸을 가리켰다. 손리가 가져온 건 밀가루와 달걀, 우유, 버터, 소금, 기름이었다. 일단 재료 배합부터 알려주었다.

"재료가 완전히 섞이게 한 후에 이 정도 농도……."

노랗게 변한 반죽을 묻혀들자 살며시 흘러내렸다.

"그런 다음……."

팬에 버터와 기름을 뿌린 장태가 시범을 보였다. 손리는 귀로 듣고 눈으로 보고, 손으로 적느라 혼이 빠질 지경이었다.

"뒤집는 건 가급적 한번에!"

추릿!

스냅을 받은 반죽이 허공에서 원을 그리더니 팬 위에 살짝 내려앉았다. 얇으나 두꺼우나 장태에게 불가능은 없었다. 그건 손리가 가장 부러워하는 일의 하나였다.

"완성품 10장 나올 때까지!"

미선과 함께 팬을 손리에게 넘겼다. 손리의 얼굴은 조각상처럼 굳어 있다. 그는 비장하게 첫 반죽을 부었다.

헛!

실패!

너무 많이 부었다.

"피자 도우 만들려고?"

"……."

두 번째 시도.

역시 실패!

이번에는 양이 너무 적었다.

세 번째는 괜찮아 보였지만 뒤집는 과정에서 찢어지고 말았다. 손리의 볼이 화끈 달아올랐지만 장태는 이제 옆에 없었다. 손리를 위해 자리를 비켜준 것이다.

쉐프는 혼자 가는 것.

그게 요리의 도였다.

"아, 씨……."

"으악, 또 실패!"

손리의 씩씩대는 소리는 여과 없이 새어 나왔다. 어쩌면 밀가루가 동이 나도록 시도할 지도 모른다. 장태 역시 그러기를 바랐다. 밤을 다 지새우더라도 짜릿한 성공을 맛보기를. 부디 주방에서 도망치지 말기를. 꼭 그러기를.

"으악, 성공할 뻔했는데……."

손리의 외침 사이로 다른 사람의 목소리도 끼어들었다.

"쉐프!"

안나였다.

그녀는 코를 틀어막고 세준을 가리켰다.

'드디어 나왔군.'

이유를 짐작한 장태가 세준에게 뛰었다.

"……!"

세준을 본 장태가 웃었다. 찡그리는 안나와는 완전히 다른 표정이었다. 이유는 똥이었다. 세준이 똥을 쏟아낸 것이다. 그건 정말 쏟아낸 수준이었다. 여기 저기 흥건한 똥물로 밀려나온 양은 홍수와도 같았다.

장태가 웃었다. 그건 이사벨의 토사물과 같은 의미였다. 마침내 몸 안에 쌓인 마약의 독소와 찌꺼기를 모조리 밀어낸 것이다.

"……!"

샤워를 마친 세준은 담요를 뒤집어쓰고 떨었다. 파리한 입술과 퀭한 눈은 주검을 목전에 둔 사람과도 같지만 눈빛만은 달랐다. 생기가 도는 것이다. 더불어 그 몸의 오방색도 생기가 감지되었다.

나른하지만, 들썩거리는 것을 장태는 알 수 있었다.

수프를 먹었다. 싱싱한 오미를 간추려 만든 특별식이었다. 첫 수저는 토했지만 이후부터는 괜찮게 넘겼다. 마치 물감이 한지에 스미듯, 지친 오방색 안으로 번져 가는 오미가 보였다.

다음 날 아침, 레시피를 복기하려던 장태는 비명 소리와 함께 하루를 시작했다.

"쉐프, 쉐프!"

첫 비명의 주인공은 숀리였다. 땀에 절어 달려온 그가 크레프를 내밀었다. 얇으면서도 동그란 크레프는 흠잡을 데가 없었다.

"482번 만에 성공했어요. 완전하게 동그랗다고요!"

손리는 크레프를 제 얼굴에 갖다 대며 소리쳤다.

그깟 크레프 하나!

그게 그렇게 좋을까 묻는다면,

단연코 '그렇다'였다.

자기 힘으로 이룬 성취, 그건 이루 말할 수 없는 기쁨이 된다. 말하자면 손리는 주방에서 그만의 에베레스트에 오른 것이다.

"수고했다."

손리를 안고 등을 토닥여 주었다. 긴 밤을 건너온 손리의 노력은 앞으로도 캄캄한 요리 세계에서 하나의 등대가 되어 줄 테니까.

"쉐프!"

두 번째 비명의 주인공도 역시 손리였다. 장태의 격려를 듣고 주방을 치우기 위해 들어서던 손리. 느닷없는 인기척에 소스라치고 말았다.

세준이었다.

그가 청소를 하고 있었다. 크레프 부치기 연습으로 개판 5분 후가 되어버린 주방. 그 위를 쓸고 닦고 하는 것이다.

"쉐프……."

손리는 믿을 수 없다는 표정을 지었다.

마약중독자 세준! 지친 몸이지만 그에게서는 더 이상 퇴폐가 엿보이지 않았다. 맛이 간 눈이 아니라 별빛이 서린 눈이었다.

"형……."

청소를 끝낸 세준이 장태에게 다가왔다.

"괜찮아?"

장태가 따스하게 물었다.

"덕분에……."

"수고했어."

"고맙습니다."

"내가 고맙지. 거기 앉아 있어라. 아직 치료식이 끝난 건 아니거든."

장태는 세준이 할 말을 알고 있었다. 괜한 공치사 같은 건 받고 싶지 않았다. 위로 뽑아내고 아래로 밀어낸 세준의 마약 욕구. 처절한 자기 투쟁 덕분에 그 기세를 꺾었다.

그렇다면 이제는, 그의 식욕 게이지를 건강하게 끌어올릴 차례, 오방색에 폭풍 생기를 더할 차례였다. 마약 따위로 인해 잊어버린 먹는 것의 즐거움을……

흥겹게 수프를 만들었다. 냄새를 따라 반응하는 세준의 오방색이 보였다.

기웃기웃!

사람의 몸은 맛을 안다. 그래서 냄새에 반응하는 것이다.

─오늘은 신맛이 땡겨!

─물이 필요해!

─단맛이 그리운걸?

그 신호를 보내는 것이다.

모락!

수프를 세준 앞에 내밀 때 바이올린 연주가 들려왔다. 톰이 하루를 여는 모양이었다.

"이건 네 몫!"

밤새 분투한 숀리에게도 상을 내려주었다. 숀리가 완성한 크레프에 푸짐하고 풍후한 속을 넣어 메네아크를 만들어 준 것이다.

"으악, 고맙습니다!"

접시를 받아 들고 좋아하는 숀리의 등을, 세준 옆으로 밀었다. 주춤거리던 숀리, 장태의 마음을 알아차리고는 세준에게 다가갔다.

"형, 옆에서 먹어도 돼?"

숀리를 바라본 세준이 고개를 끄덕거렸다.

"이거 내가 만들었다."

메네아크를 든 숀리의 자랑질 작렬. 세준은 거푸 끄덕임으로 대꾸했다.

"나중에 먹고 싶으면 말만 해. 내가 만들어줄게."

끄덕!

그 고갯짓 안에서 세준의 엷은 미소가 배어나왔다.

그래야지!

장태가 혼자 웃었다.

세준도 사람이 그립다. 혼자 있는 사람은 누구나 그렇다. 다만, 그걸 말하지 않을 뿐. 정답게 말하고 싶은 사람이 없을 뿐.

나아가 식사도, 혼자보다는 둘이 먹어야 맛이 오른다. 제아무리 맛나는 천상의 요리라고 해도 혼자 먹으면 맛이 제대로 살지 않는 것이다.

바이올린 소리가 조금씩 경쾌해지기 시작했다. 그 음을 따라 한 이름이 스쳐갔다.

'이사벨……'

그녀는 어떻게 되었을까? 이제 완벽한 바이올리니스트로 돌아갔을까? 힐금 쑨리가 만든 크레프 조각들을 바라보았다. 밤새 걸어간 쑨리의 여정이 고스란히 엿보였다.

—찢어진 것!

—뭉쳐 버린 것!

—엉긴 것!

그러나 어느 순간부터, 크레프는 자리를 잡기 시작했다. 그러다 마침내 성공에 이르자, 그 후부터는 모양이 제대로 났다. 먼저 간 성공이 나중 것에 영향을 미친 것이다.

이사벨이 그랬다. 그녀가 세준을 구제했다.

그녀가 성공하면서 세준도 가능성을 보고 믿은 것이다. 바이올린 선율은 점점 더 높아졌다. 마치 세준과 쑨리의 성공을 축하라도 하려는 듯!

*　　　　*　　　　*

"자넨 잘할 거야."

병실의 스승은 장태를 믿었다. 조금도 의심하지 않는 눈치였다.

100인분!

사실, 엄청난 오더였다. 물론 머리 숫자는 중요하지 않았다. 노숙자들의 특식이라면 200인분, 300인분도 만들어봤던 장태였다. 하지만 이건 달랐다. 라스베이거스뿐만 아니라 미국 전역에서도 관심을 갖는 행사. 명사들뿐만 아니라 대스타, 미식 칼럼리스트와 전문기자들이 올 수도 있었다.

그러니까 단순히 100인분 요리가 아니라, 어마어마한 시험대라는 뜻이었다.

햄버거 살인을 막은 영웅이 아니라, 강형규의 제자로서, 당당한 쉐프로서!

"내가 도움이 되면 좋을 것을……."

스승의 눈이 링거 선에 닿았다.

톡톡!

수액이 방울져 내리는 수액. 저 끈을 달고 있는 한 장태를 도울 수 없었다. 게다가 의료진에서도 당분간 집중 진단을 하기로 엄명이 떨어진 바.

"톰하고 손리, 안나를 데려가기로 했습니다. 나머지 쉐프 셋은 톰이 조달하기로 했고……. 서빙 팀은 어떻게든 조달할 수 있을 겁니다."

"주메뉴가 바닷가재와 시금치 뇨끼라고?"

"예……."

"별것 아닌 것 같으면서도 번거로운 메뉴로군. 특히 시금치……."

"풋내만 잡으면 별일 없을 겁니다."

"오더는 주최 측에서 정한 건가?"

"예. 상의가 끝났습니다."

"아쉽군. 한국식 메뉴 같은 게 하나 정도 들어가면 좋을 텐데……."

"한국식이요?"

"어린이들 아닌가? 늘 보던 것도 좋지만 새로운 것에 대한 호기심이 많을 나이잖아."

"뇨끼에 태극 4괘를 새겨 슬쩍 어필할 생각입니다만……."

"내 말은 한국의 맛 말일세."

한국의 맛!

역시 스승이었다. 다른 생각에 바쁜 장태가 캐치하지 못한 것이었다.

"생각해 보겠습니다. 곁들임 한두 가지는 재량껏 하라고 했거든요."

"그렇다고 부담은 갖지 말고."

"예!"

"식재료는 누가 공급하기로 했나?"

"톰과 함께 업자를 만날 생각입니다."

"나도 끼워주겠나?"

"가시게요?"

"아니, 몸은 못 가지만 마음이라도⋯⋯."

"선생님!"

"가능하면 노바스코샤 홀스 하버의 바닷가재를 요청하게. 값이 특별히 비싸지도 않으면서 최상급 가재가 많이 나는 곳이니⋯⋯."

"홀스 하버라면 바닷가재의 고향으로 불리는 항구로군요?"

"거기 것으로 요리해 봤나?"

"말은 들어봤습니다만⋯⋯."

"참치는 쓰가루, 바닷가재는 홀스 하버라는 말이 있지. 그쪽 바다가 수온이 낮고 조석간만의 차이가 커서 육질이 탱글하고 집게발이 돋보인다네. 가재라면 역시 발 아닌가?"

"아, 네."

"시금치 보는 눈이야 자네가 나보다 나을 테고⋯⋯."

"별말씀을⋯⋯."

"나도 궁금해지는군. 이거 닥터가 좀 만만하면 졸라보기라도 하려만. 한 달 정도는 꼼짝 마라니 어쩔 수도 없고⋯⋯."

스승의 얼굴에는 아이 같은 조바심이 가득해 보였다.

"홀스 하버 바닷가재?"

톰과 함께 만난 해산물 업자가 고개를 들었다.

"가능합니까?"

장태가 물었다.

"하지만 워낙 찾는 곳이 많아서⋯⋯."

"부탁합니다. 아이들을 위한 요리를 만들 거라서요."

"하지만 그쪽은 가재 거래가 처음이잖소?"

업자가 딴죽을 걸고 나왔다. 가재는 처음 주문하는 톰과 장태. 이미 납품처가 많은 업자였으니 노숙자 식당 따위와의 거래가 탐탁지 않은 눈치였다.

업자들은 두 가지 중 하나라도 충족되는 고객을 우대한다. 소량이더라도 장기 거래. 아니면 대량 거래. 그런데 장태의 경우는 이도 저도 아닌 경우였다.

하는 수 없이 톰이 비장의 카드를 꺼내 들었다.

"우리 손 쉐프가 올해의 헤븐 LA 주관 쉐프를 맡게 되었습니다만……."

"뭐라?"

자판을 두드리던 업자의 눈이 동그래지는 게 보였다.

"러셀 킹이 주최하는 헤븐 LA 말입니다. 모르시나요?"

"그러니까 당신 옆의 그 젊은 친구가?"

"예!"

"가만, 그러고 보니 어디서 본 거 같은데?"

"자판에 대고 햄버거 살인자라고 쳐보시죠. 누구 얼굴이 나오는지."

"햄버거?"

업자의 손이 자판을 두드렸다.

그러자!

"……!"

오 마이 갓!

업자는 탄식을 쏟으며 일어섰다.

"당신… 햄버거 살인마를 잡은 그 쉐프잖아?"

"예……."

장태는 담담한 목례로 인사를 받았다.

"갓갓갓! 이럴 수가. 라스베이거스의 영웅을 못 알아보다니."

"줄 겁니까? 말 겁니까? 우리 손 쉐프가 기왕이면 우리 지역 판매상 돕자고 일부러 왔는데 이리 찬밥 취급이라니……."

톰이 넌지시 압력 수위를 올렸다.

"어이쿠, 미안하게 됐수다. 다들 물건 달라고 할 때는 단골이라도 될 듯하다가 실속만 차리고 거래처를 틀어버리니……."

"됩니까? 안 됩니까?"

허술해진 업자의 목소리를 파고드는 톰. 장태가 보기에도 승부의 추는 이미 기울어진 것 같았다.

"다른 건 몰라도 찰리네 햄버거 살인을 막은 영웅이라면 도와드려야지. 나도 그 인간 햄버거 사먹을 뻔한 적이 있거든요."

"홀스 하버 것이어야 합니다."

톰이 쐐기를 박았다.

"기다려 봐요. 그쪽 물건은 물량이 많은 것도 아닌 데다 특급 호텔 예약분이 밀렸다고요."

업자가 전화기를 잡았다.

"헬로우, 거기 사장 좀 바꿔줘!"

업자는 몇 번이고 전화를 걸어댔다. 홀스 하버산 바닷가재. 물건도 많지 않지만 날짜가 잘 맞지 않았다. 딱 하루 전이라는 옵션, 그게 탈인 것이다.

"어휴, 겨우 맞췄수다!"

마지막 통화를 끝낸 업자가 진땀을 쏟으며 말했다.

"110마리, 틀림없죠?"

톰이 물었다.

"틀림없이 맞추라고 했으니 문제없을 겁니다."

"엔젤 이벤트 홀로 당일 새벽에 가져다주세요!"

"걱정일랑 붙들어 매시지요. 영웅을 물 먹일 생각은 없으니까!"

업자는 처음과 달리 싹싹하기 그지없는 표정이었다.

다른 메뉴들과 필요한 스파이스 등을 주문하면서 재료 준비는 끝이 났다. 남은 건 베지테리안과 글루텐 알러지 아이에 대한 방지책.

고민을 달게 받아들였다. 인간은 노력하고 있을 때 고민한다. 그렇게 생각하면 고민은, 행복의 상징이기도 했다.

헤븐 LA.

말하자면 천국의 고민.

이보다 더 행복한 고민이 어디 있으랴?

『궁극의 쉐프』 3권에 계속…

검자 新무협 판타지 소설
FANTASTIC ORIENTAL HEROES

목탁

해적으로 바다를 누비던 청년,
절해고도에 표류해… 절대고수를 만나다!

"목탁은 중생을 구제하는
좋은 이름일세"

더 이상 조무래기 해적은 없다!
거칠지만 다정하고, 가슴속 뜨거운 것을 품은

목탁의 호호탕탕 강호행에
무림이 요동친다!

사략한대 장편소설

FUSION FANTASTIC STORY

2016년 대한민국을 뒤흔들 거대한 폭풍이 온다!

『법보다 주먹!』

깡으로, 악으로 밤의 세계를 살아가던 박동철.
그는 어느 날 싱크홀에 빠진다.

정신을 차린 박동철의 시야에 들어온 건 고등학교 교실.
그리고 그에게 걸려온 의문의 ARS는 그를 새로운 인생으로 이끄는데…….

빈익빈 부익부가 팽배한 세상, 썩어버린 세상을 타파하라!

법이 안 된다면 주먹으로!
대한민국을 뒤바꿀 검사 박동철의 전설이 시작된다!

Book Publishing CHUNGEORAM

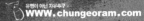

유행이 아닌 자유추구 -
WWW.chungeoram.com

FUSION FANTASTIC STORY

고고33 장편소설

세무사 차현호

대한민국의 돈, 그 중심에 서다!

『세무사 차현호』

우연찮게 기업 비리가 담긴 USB를 얻은 현호는
자동차 폭탄 테러를 당하게 되는데……

그런 그에게 주어진 특별한 능력과 두 번째 삶.
하려면 확실하게, 후회 없이 살고 싶다!

"대한민국을 한번 흔들어보고 싶습니다."

대한민국의 돈과 권력의 정점에 선
세무사 차현호의 행보에 주목하라!

Book Publishing CHUNGEORAM

유행이 아닌 자유추구 -
WWW.chungeoram.com